醫學推理系列③

醫學之翼

對抗邪惡的
神祕組織

文 海堂尊 圖 吉竹伸介 譯 王華懋

医学のつばさ

目次

醫學之翼

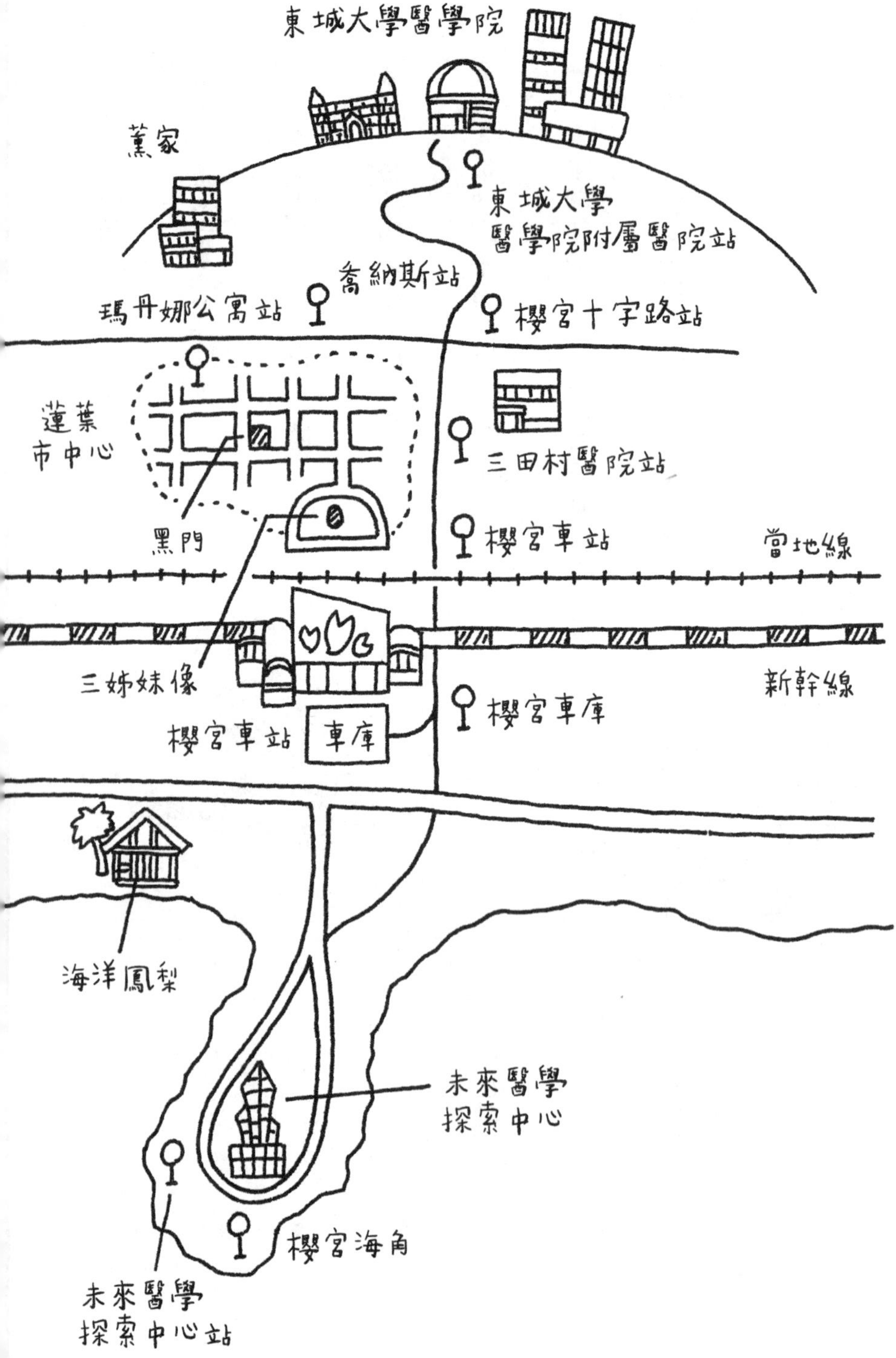
東城大學醫學院
薰家
東城大學
醫學院附屬醫院站
喬納斯站
瑪丹娜公寓站
櫻宮十字路站
蓮葉
市中心
三田村醫院站
黑門
櫻宮車站
當地線
三姊妹像
新幹線
櫻宮車庫
櫻宮車站
車庫
海洋鳳梨
未來醫學
探索中心
櫻宮海角
未來醫學
探索中心站

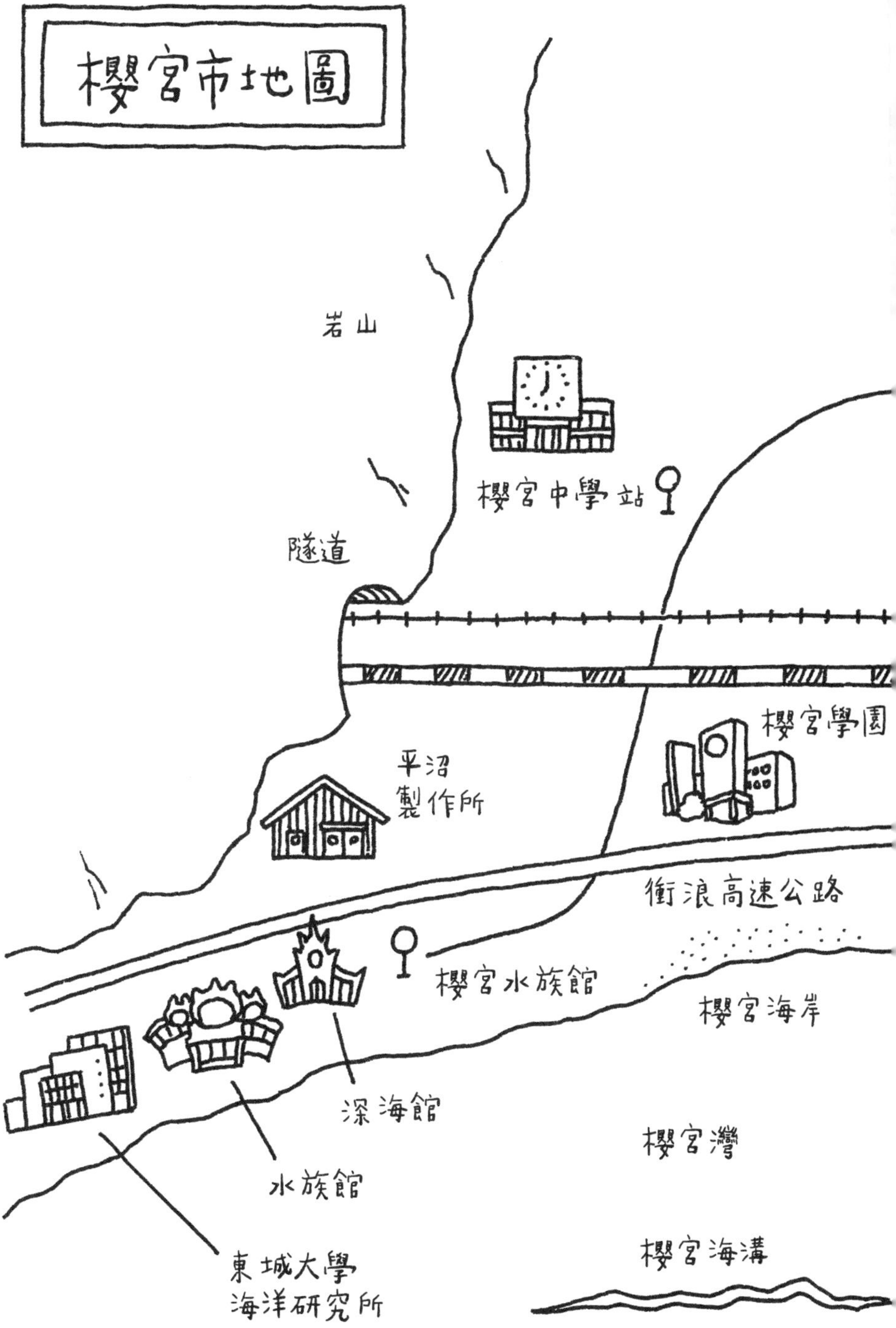

櫻宮市地圖
岩山
櫻宮中學站
隧道
櫻宮學園
平沼
製作所
衝浪高速公路
櫻宮水族館
櫻宮海岸
深海館
水族館
櫻宮灣
東城大學
海洋研究所
櫻宮海溝

第1章

2023年5月31日（三）

越不起眼的傢伙

越可怕。

有時我會想，要是一覺醒來，發現全是一場夢，不知道該有多好。

這或許就像是「真希望美夢都成真」的反面，不過它們不像銅板的正反面，兩者等值。

這天早上是前者，我希望昨天以前發生的事全是一場夢，然而現實卻是昨天惡夢的延續。

我打開桌上的電腦，尋找每天早上都應該會收到的信。

可是就和昨天一樣，不見來信蹤影。

我爸爸是美國麻省理工學院的教授，也是賽局理論的專家。他住在波士頓，我從來沒有見過他，但自我懂事開始，他就天天寫信向我報告早餐內容。雖然我覺得很煩，然而一旦沒收到了，才發現爸爸的關心一直是我的心靈支柱。

一覺醒來發現全是夢，照常收到爸爸枯燥的早餐報告——我省悟到這些平凡無奇的日子是多麼光彩耀眼，幾乎要掉下淚來。

可是，阻擋在眼前的「敵人」驅散了我的軟弱。

敵人名叫「組織」。雖然聽過ＣＩＡ（美國中央情報局）或「大黃蜂果醬」之類響亮的組織名號，但在為數眾多的組織裡，其實單純的「組織」，這種不起眼的傢伙最可怕。

世界上到處都是「組織」。很像生物節目《太厲害了！達爾文》（簡稱《厲害達爾文》）裡最不起眼的一集，主題是「苔蘚」。

苔蘚毫不起眼，但每一座森林一定都有苔蘚。同樣地，「組織」這玩意兒蔓延在我們日常生活的社會裡。所以一旦「組織」變成「敵人」，就會從四面八方團團包圍，我們很可能陷入不僅是四面楚歌、八面魏歌，甚至是十六面蜀歌（這是我自創的誇大成語）的狀態。

所以要鎖定「組織」這玩意兒，將它視為「敵人」，需要非比尋常的覺悟，而且想到要跟這麼不起眼的東西對槓，才剛下定決心要戰鬥，鬥志就會像破了洞的氣球一樣，一下子消風了。

「敵人」這東西越是誇張、可恨、強大，與之對抗的鬥志也會越加高昂。例如，和軟腳蝦「苔怪人摩斯摩斯」決鬥的超人巴克斯就很遜，是巴克斯史上最沒勁的一集。可是這次的「敵人」就像「摩斯摩斯」一樣，一點一滴地侵蝕，破壞我和夥伴們的關係。真是的，越不起眼的傢伙越可怕。

我想著這些，大大伸了個懶腰站起來。

不論我心情如何，早晨還是會一如往常地到來；不管發生任何事，早晨都是同一副模樣。到了最近，我才體悟到這就是絕望的另一張面孔。

鏡中蓬頭亂髮的我，目前是一名國三生，同時還有另一個身分，那就是東城大學醫學院的研究助理。

至於為何會這樣？說來話長，極度精簡地說明，就是兩年前，我讀國一的時候，在「全國統一潛能測驗」中拿到了全國第一名的成績，受到文部科學省推薦，成為櫻宮中學和東城大學醫學院的雙重學生。

而我之所以能考出全國第一的成績，是因為出題者是我爸爸，我被當成測試員，所以對題目瞭若指掌。後來，我在許多人的幫助下，過著雙重的生活。尤其是從一年級開始同班的三位B班同學「曾根崎團隊」，是我強大的後援。

會員第一號：進藤美智子。美智子和我從小認識，擔任班長，是個馬尾美少女。而且她小時候住過外國，說得一口溜英語，將來立志要當口譯，是個能幹的模範生。

會員第二號：平沼雄介。他是與NASA（美國國家航空暨太空總署）合作研究的平沼製作所社長的公子，但一點都不像什麼公子，在三年B班的綽號叫「無法松」，是個小霸王。他老是叫我「小薰薰」，很討厭，所以我也回敬他，叫他「痞子沼」。痞子沼也和美智子一樣，小時候住過美國，英文卻破得要命，沒必要寫進他的介紹裡。

會員第三號：三田村優一。三田村家從祖父那一代就在櫻宮站附近開診所，他是診所繼承人，立志考上醫學院，是個戴眼鏡的書呆子。

除了「曾根崎團隊」這三人，還有跳級進入醫學院的學長、前超級高中醫學生的佐佐木敦，三年前，他跳級進入大學研究室，四月起正式成為東城大學醫學院的四年級生。

多虧這四人的幫助，我才能勉強捱過國中生兼醫學院學生的雙重生活。

我在總是一身黑西裝、說話前一定要先「齁齁」兩聲的「貓頭鷹大叔」——藤田要教授的「綜合解剖學教室」捅出大婁子，差點被開除學籍，結果被「神經控制解剖學教室」的草加教授收留了。但我似乎天生會吸引麻煩上門，某天，在小時候的祕密基地附近新出現的洞穴裡，我們發現了一顆巨大的「蛋」。

蛋裡孵化出來的巨大新物種就是「生命」。「生命」的外表和人類一模一樣，卻也有完全不同的部分。首先，他是從「蛋」裡面生出來的。

和人類相比，「生命」身形龐大，成長速度也快得異常。孵化前的「蛋」就已經有近一五〇公分，出生後才兩星期，他就已經長到兩公尺高了。「生命」被安置在東城大學橘色新館的小兒科綜合治療中心，但這件事在三星期前曝光，引發軒然大波。

風波平息後，我的生活又回歸了日常。現在，我懷抱著夏季祭典結束後的惆悵，沉浸在宛如迎接秋季新學期的虛脫感中，然而現實卻是明天才剛要進入六月，接下來就是梅雨季，然後是暑假。如此失魂落魄過著每一天的我，呆呆地想著：「這樣的日子往後也要一直持續下去嗎？」

往後的人生，應該再也不會經歷到那樣戲劇化的每一天了，我有著這種心酸的預感。可是，這時候的我忘了那些老生常談，那就是「有二就有三」，以及「暴風雨前的寧靜」。

把這兩句話並列在一起很奇怪，我沒有發現，但有件事是明擺在眼前的，也就是在我渾然不覺的情況下，夏季暴風雨已經悄然逼近了。

∵

我乘上「往櫻宮水族館」的藍色公車上學。平常的話，最後一排總是坐著一名長髮女生，她會把擺在旁邊的書包拿開，讓位給我，但今天那個位置坐著一對老夫婦，所以我抓著拉環，在公車上搖晃著。

我的青梅竹馬，也是班長的進藤美智子休學已經三星期了。

三年B班的班務開始漸漸失序，班導田中老師本來就不可靠，最近更是越來越常犯些小錯。倒不如說，老師一直都是這樣，我深切地了解到過去全是依靠美智子的協助，才能化險為夷。

走進教室，三田村和痞子沼沒勁地舉手，「嗨」、「哦」地向我打招呼。我只舉起右手，不發一語地坐下來。

那天以後，我便對圍繞著我們的種種事物想了很多：阻擋在眼前的「組織」——疑似「敵人」的神祕物體；還有「首相案件」——讓一切思考停擺，讓一切變得模糊的萬能咒語。

自衛隊突擊部隊的迷彩服、遭到爆破的橘色新館牆壁，這些記憶碎片，以及相關的雜亂想法，就像漩渦般不停打轉。這三星期以來，我懷抱著無處發洩的思緒，就像淤積的河流般，過著不知道到底有沒有在流動的每一天。

不過這天早晨，狀況有些異於平常。早上的班會結束，數學課開始了。結果班導田中老師折回來，從走廊的窗戶探頭進來說：

「曾根崎同學，到校長室來一下，東城大學有客人找你。」

我就像發條玩具一樣彈起來，然後在痞子沼和三田村的目送下離開了教室。

我和田中老師來到校長室，校長室我已經來慣了，但不曉得門內有誰在等候，有些緊張。不過看到訪客的臉，我整個人放鬆下來。穿灰西裝、打深藍色領帶、一身樸素裝扮坐在那裡的，是東城大學的田口教授。

「其實我昨天臨時接到通知，說今天文科省將要舉行安置中的『生命』之非正式亮相會。校長指示我去露個臉，並且希望曾根崎同學和其他兩位同學也一起去，所以我想先問問你的意願。」

「我當然要去——不，請讓我參加！我怎麼可能不去？他們兩個絕對也會去的。」我迫不及待地回答。

「不上課沒關係嗎？」

「沒關係，反而是可以蹺課，太幸運了。」我說，接著想起這裡是校長室，校長和班導田中老師都在眼前，連忙又補了句：

「不過沒上到的課，之後要自己念書補回來，所以也不是那麼開心啦。」

嗚嗚，連自己都覺得轉太硬了。田口教授溫和地微笑：

「校長，既然本人答應，那麼我就借用一下這三位三年級同學了。」

「沒問題，曾根崎同學，你要小心別給田口教授添麻煩。田中老師，麻煩妳去把其他兩人也叫來。」

田中老師離開校長室，馬上就把三田村和痞子沼帶來了。

田口教授看到兩人，站了起來：

「你們看起來氣色不錯，校長已經同意了，我們走吧！」

附司機的租車上，田口教授坐在副駕駛座，我們三個男生坐在後車座。

穿過鐵路高架橋，來到海岸線。車子開在海邊的衝浪高速公路上，看見了海角盡頭處銀色的「光塔」。再繼續前進，便漸漸看到塔旁一間低矮的建築物，那是自衛隊花了兩天趕工蓋出來的組合屋，用來安置「生命」。

組合屋前拉起了黃色管制線，整齊排著穿迷彩服的自衛隊隊員。建築物外的簡易帳篷前，形成了約二十人的隊伍，裡面也有熟悉的臉孔，是穿白襯衫、別綠臂章的《時風新報》村山記者。我們排到隊伍後面，田口教授對簽到處人員說：

「我們是東城大學的人員，這三位同學是代理高階校長出席。」

咦？我們是校長的代理人，真的假的？回頭一看，三田村比我更慌張，但痞子沼掏挖著耳朵，滿不在乎。

進入組合屋後，又是一道牆壁，牆上有一道小門。穿過那道門，來到一間空盪盪的房間，許多鐵柱直通天花板，就像柵欄一樣，鐵柱間隔約二十公分，地上鋪滿了墊子。

「生命」就在「柵欄」裡面。他抱著膝蓋，穿著用白色被單中間開個洞做成的簡易斗篷。感覺到有人，「生命」抬起頭來，眼神空洞地看著眾多的參觀者。「生命」的身高近三公尺，美智子在他腳邊輕輕拍著他的大腿。

一名高個子男人從柵欄裡面的房間走了出來，是赤木醫生。

「今天，我們公開了巨大新物種收容機構兼研究支援機構——『心房』，這是由『文部科學省科學研究費B・策略性未來展望計畫』中，總預算一百億日圓的超大型計畫『文部科學省特別科學研究經費Z・心計畫』所斥資興建。場內禁止攝影，參觀時間五分鐘，時間一到請立即離開，不開放提問。」

赤木醫生單方面的告知，讓記者們一陣嘩然。我蹲下來穿過人牆腳下，鑽到最前面，在記者們的腳邊仰望高大的赤木醫生，提問：

「赤木醫生，『生命』看起來比以前更沒精神，他還好嗎？」

赤木醫生一看到我，立刻撇過頭去：

「不開放提問。本案屬於『首相案件』，必須嚴格保密，今天參觀到的內容，請勿寫成報導公開。此外，剛才有人稱這個生命體為『生命』，但這個巨型新物種的正式名稱是『心』，請勿混淆。」

赤木醫生完全無視我的存在。美智子發現我們，眼神似乎有些驚慌。「生命」看到我們，「噠！」了一聲，開心微笑，套在他手腕上的鐵鏈鏘啷響了一下。居然把「生命」鏈起來，這太殘忍了。

美智子居然會容許這種事，我十分意外，明明以前只要「生命」受到一丁點虧待，不管對方是誰，美智子都會抗爭到底。想到這裡，怒意滾滾湧上心頭。

但赤木醫生應該沒有察覺我的憤怒，他說：

「五分鐘到了，請媒體和大學人士離開。」

走出房間時，傳來鐵鏈鏘啷的聲響。回頭一看，「生命」正朝我們伸出手來，可是因為被鏈住，他無法移動，我們看著他焦急的動作。

「『生命』，你還好嗎！」三田村跑回去，抓住柵欄鐵條搖晃。

看到三田村，「生命」想要站起來，卻被纏在身上的鐵鏈絆倒了。「生命」

的大眼睛立刻盈滿了淚水，他吸了一口氣，胸口高高隆起。

不妙。

「『生命』，乖喔。」美智子小聲說著，輕拍他的背。

曾根崎團隊的三個男生和田口教授都摀住了耳朵，下一秒，驚天動地的咆哮聲震撼了全場，記者們全都蹲了下來。這時，一道女人的聲音響起：「警護部隊上前！」裡面的房間有個一身鮮紅套裝的女子，手裡拿著對講機命令。

「生命」鬼哭神號地哭個不停，自衛隊突擊部隊進場，舉起槍械，號令響起：「射擊準備，開槍！」

砰！砰！乾燥的槍聲響起，「生命」的哭聲停了，小型針筒扎進他的肩膀和側腹部，懸掛在那裡。「生命」的眼皮漸漸垂下，整個人「咚」一聲倒在地上。

沒多久，他便發出睡著的規律呼吸聲。

在迷彩服自衛隊催促下，我們被趕了出去。背後傳來女人低沉的聲音：「連這點小事都搞不定，廢物。」

回頭一看，赤木醫生無地自容地縮著他那龐然巨軀。

被趕出組合屋「心房」的三個國中男生和田口教授都不發一語。

記者們也都沒說話，魚貫走出建築物，就好像頭也不回走向斷崖絕壁的一群旅鼠。這個狀態，豈不就像是生物節目《厲害達爾文》的一幕嗎？

「原來你們也被邀請了。」有人從背後出聲，回頭一看，是戴著綠色臂章的記者，《時風新報》的村山。

「我們是高階校長的代理人。對了，今天採訪的內容，真的不會報出來嗎？」

「上頭這麼命令啊，而且又是『首相案件』。」

「三星期前，自衛隊的突擊部隊從東城大學擄走『生命』，這件事也沒有登上新聞，這也是因為『首相案件』的關係嗎？」

「沒錯，不過文科省的官方說法，認為那是安置，不是綁架。」

「可是，為了把乖巧的『生命』帶走，他們炸開了東城大學橘色新館的牆壁，不管怎麼想都是一件大事，但因為是『首相案件』，所以不會鬧上媒體。為什麼報社和電視台記者都不報導這件事？明明記者的工作是報導真相，這太說不過去了。」

村山記者的表情難受地扭曲，但很快便點點頭說：「你說的沒錯。」

「為什麼『首相案件』不可以報導？你們明明把我出糗的事大報特報，遇到首相的事就替他隱瞞，這太奸詐了。既然這樣，當初也不要報我的事就好了。」

我連珠炮似地抗議，村山記者憤憤地說：

「我也不認為這樣下去是好事，但我無能為力。」

村山記者離開我們身邊。我的心口一陣揪緊，因為對村山記者的責備，也完全適用於對「生命」無能為力的我。

我們回到東城大學，去校長室回報。

來到舊病房大樓三樓的走廊盡頭，打開校長室的門，坐在雙抽屜櫃黑檀桌另一邊的高階校長請我們在沙發坐下。

「上次來不及吃點心，今天一開始就先請你們吃吧。」

痞子沼看到高級點心，立刻說「哇，看起來好好吃，我開動了」，大快朵頤起來。

「大家也別客氣，請用吧。這段期間，請田口教授報告今天的事，這樣可以吧？」高階校長對某人說。

原本對著窗外的高背椅轉了過來，現身的是服裝配色招搖的厚生勞動省官員白鳥先生，綽號「食火雞」。

「田口教授也能幫忙跑腿啦？佩服佩服。」

我感到田口教授頓時怒火中燒，但他立刻恢復冷靜，說：

「『文部科學省特別科學研究經費Z・心計畫』的非公開報告觀摩會上，『生命』的手腳被鐵鏈鏈起來，限制活動，服裝和在本院時一樣，簡單罩了一條中間開洞的床單，上臂肘窩貼著ＯＫ繃，似乎做過抽血等檢驗。」

我佩服地想：「不愧是醫生，觀察敏銳度和我們不同。」

結果白鳥先生開口：「田口教授還是一樣，搞錯重點，他們會好好照顧那個巨型新物種是當然的。我想知道的是更具體的事，像是保全體制，或是做簡報的人是誰。」

「這我接著說明，我身為醫療從業人員，首要之務是掌握對象的健康狀態。」

「我以前也在皮膚科進行診療，以突破傳統醫療的劃時代治療手法贏得病患的讚譽。」

田口教授似乎很不高興，但他打起精神，繼續報告：

「建築物周圍派駐了自衛隊的突擊部隊，入場時必須檢查隨身物品。『生命』激動起來，突擊部隊就會發射麻醉槍使其鎮靜，保全方面萬無一失。白天有進藤同學陪伴，『生命』雖然受到拘束，但情緒很穩定。向參觀者進行說明的是赤木講師，但不開放提問，也不回答曾根崎同學逕自提出的問題。文科省的小原室長也在，她下令發射麻醉槍讓『生命』鎮定下來。」

「也就是說，那個機構由文科省管理，並有自衛隊協助，資訊控管滴水不漏嗎？雖然如同預期，但狀況相當棘手呢。」

「也可以說，文科省與厚勞省為了『未來醫學探索中心』的去留問題，而爆發的殘酷權力鬥爭，在充滿夙怨的櫻宮海角浮現出來了嗎？」田口教授有些語帶譏諷，白鳥先生定定地看著他的臉說：

「田口教授，你說這話是認真的？我可是鼎鼎有名的厚勞省逆臣，這樣的我才不可能覺得厚勞省和文科省之間的私人恩怨有什麼好『棘手』的。既然我會說棘手，那當然是格局更壯闊的事啦！雖說你是個不成才的弟子，但這點事還能理解吧？是吧？拜託你說是啊！」

田口教授連忙點頭，但顯而易見，他根本不懂。不過，白鳥先生似乎全盤相信了田口教授的回答。

「啊，幸好。這次文科省計畫的決定，和他們平常做決定的速度相差太多了。藤田教授把消息走漏給小原，和麻省理工的曾根崎教授警告我們，幾乎是同時對吧？因為田口教授和高階校長磨磨蹭蹭的關係——不過也只有短短兩天，以做事慢吞吞的老師們來說，算是非常快了，但是比厚勞省還要遲鈍的文科省這次的應對速度真的把我嚇到了。要是小原強勢領頭指揮，也不是做不到，不過那女人在文科省裡受到排擠，向來都是一個人在那裡空轉，這回卻能和同事合作無間、確實運作，你們明白這意味著什麼嗎？」

「你是說這個計畫跳過文科省，是由官邸主導，內閣府在推動？」

高階校長回答，白鳥先生站起來拍手：

「Bravo！不愧是當到校長的人，高階教授比小小的田口教授像話多了。不過還是差了一截，所有的警告都指向一點，但你們這些老頭子囿於成見，思考僵化，想要抵達真相，這條路既險阻重重，又遙遙無盡吶！」

連高階校長都怒氣沖天了。我也忍不住傾訴：

「我不明白發生了什麼事，可是這關係到『生命』，我不能就這樣坐視不管，請讓我幫忙！」

「你的心意令人感動。『敵人』巨大且強大，如果就像報告中說的，那會是最糟糕的劇本。而且相較於敵人，我們太無力了，所以必須集結一切力量，但這需要時間，首先也只能逐一解決眼前的問題了。然後，你們三個會扮演關鍵角色，我會毫不留情地使喚你們。」

「好。」「噢！」「沒問題。」我們三人分別做出意義相同的回應。

「那麼我這就下達指令，我要你們潛入未來醫學探索中心，刺探『心計畫』的內容。這件事高階教授和田口教授沒辦法做，但你們可以做到。我不認為現在在照顧『生命』的進藤同學和敦徹底叛變、投靠敵軍，他們應該會是破口。」

我說出三星期前我們潛入未來醫學探索中心，和佐佐木學長對話的內容，白鳥先生拍手說「Bravo」。

「田口教授也應該效法一下小朋友們，用自己的腦袋思考，做出當下必要的行動。雖然忘了排名第幾名，但這是重要心法之一。」

「是喔……？」田口教授的反應冷漠。

「佐佐木學長說他是未來醫學探索中心的職員。」我說。

「沒錯啊，那個機構本來就是蓋來讓敦『冷凍睡眠』的，對他來說，感覺應該就像在自家打工吧。」

「什麼是冷凍睡眠？」

「敦五歲的時候得了視網膜母細胞瘤，取出了右眼，但被診斷出左眼也得了一樣的病，這樣一來，兩眼都必須摘除，會變成全盲。當時我在背後推動臨時法規〈冷凍睡眠法〉，在櫻宮海角的Ai中心毀壞後的土地上，興建未來醫學探索中心，讓敦在那裡凍眠五年，結果這段期間發明了新藥，讓敦不必摘除剩下的左眼。」

所以佐佐木學長才會執著於研究眼癌，這件事以前我稍微耳聞過，但他雙眼都罹癌這件事，我第一次聽說。

「但敦現在的行為很奇妙，裡頭一定有什麼其他的束縛。敦在摘除右眼時，有個罹患相同疾病的學長，雖然雙眼都罹癌，卻毫不畏懼、勇敢面對，為害怕動手術的敦做了示範。敦很崇拜那個人，所以能夠解開他的束縛的，應該也只有那個人了。不過仔細想想，敦從凍眠中醒來後仍繼續在中心工作，理由令人費解。因為敦醒來後，那個臨時法規應該也跟著失效了才對。不，等等，這麼說來，我曾聽說『隱形機伸一郎』參與未來醫學探索中心的傳聞。」

突然冒出爸爸的名字，我嚇了一跳，所謂「神出鬼沒」，或許就是用來形容爸爸的成語。

「以前道歉記者會的時候，佐佐木學長和我爸爸有連絡，他們好像從以前就認識了。這次也是爸爸向佐佐木學長提議召開臨時教授會。」

「什麼？也就是曾根崎教授參與其中的事，敵方陣營都瞭若指掌嗎？簡直爛透了嘛！」白鳥先生聳了聳肩，學國中生口氣說，「也只能我來想辦法了，這就是我的宿命啊！身邊全是些遲鈍又無能的傢伙，都是些扯人後腿的累贅，真希望誰來想想辦法啊！」

我感覺到田口教授和高階校長身上噴發出今天最大級的怒火。

結果白鳥先生指示我們國中生三人組，再次前往未來醫學探索中心找佐佐木學長，最好也能接觸到美智子或赤木醫生，取得中心的內部資訊，然後眾人便解散了。三田村和痞子沼好像累壞了，說要回家。

我想說都來到大學了，便順道去「神經控制解剖學教室」露個臉。會議室裡沒有人，以前這裡充滿了朝氣，但有如發電機的赤木醫生被挖角後，草加教授幹勁全失，連每天的晨會都不開了。

桌上擺著小學生漫畫雜誌《Dondoko》，草加教授隨手翻看之後，愛上了這本雜誌，後來每期都買，擺在教室的休息區。會議室現在變成開門歇業狀態，每個星期四我來到這裡，能做的事只剩下耗一整個上午，把《Dondoko》從第一頁讀到最後一頁。

教室的鏡子裡，倒映出曾經被吹捧為超級國中醫學生的男孩落魄身影。

第2章

6月1日(四)

沒留心就看不見。

隔天，時序進入六月。曾根崎團隊的三個男生放學後乘上「往櫻宮海角」的公車。

上次以為遭到自己人佐佐木學長背叛，讓我們方寸大亂，但這次白鳥先生斷定佐佐木學長不可能出賣自己的靈魂，所以安心了一些。

我也得知了未來醫學探索中心成立的經緯，以及佐佐木學長坎坷的人生。我確信這樣一個人，不可能會支持那個計畫。而比任何人都更疼愛「生命」的美智子，應該會告訴我們那裡的狀況。

公車在太陽西下前抵達，時間和上次差不多。這時我注意到門旁有門鈴，體認到「沒留心就看不見」這個道理。按下門鈴，門打開了。進入裡面，一樓門廳深處有張桌子，四個人正在用餐。正面是一身紅色套裝的小原室長，坐在她左邊的美智子睜圓了眼睛，小原女士的對面，體格就像摩艾像的赤木醫生正在大啖雞胸肉，和他旁邊的佐佐木學長一樣背對著我們。

小原女士把手中的法國麵包放到盤子上微笑：

「佐佐木真的很了解他們呢，就跟你昨天預言的一樣。」

「那不是預言，只是覺得如果我是他們，不快點過來就太遲了。」

「那是同樣一回事，也就是說，他們的智力水準和你一樣，雖然這讓我有些意外。」

這一點都不令人意外，因為和佐佐木學長有著相同智力水準的不是我們，而是小原女士的天敵，厚勞省的食火雞。

小原女士拍了拍手，一名穿白色圍裙、戴廚師帽的廚師走了出來。

「再搬一張桌子，追加三人份的餐點。」

「Oui, Madame.（是的，女士。）」

廚師以法語回答，服務生搬來了新的桌椅。痞子沼坐到美智子旁邊，三田村又坐在痞子沼旁邊，而我坐在美智子斜對面，佐佐木學長旁邊。

「既然你們來了，邊吃晚餐邊談吧。你們很幸運，今晚是每個月一次的豪華晚餐日，安德烈準備了紅酒燉鵪鶉，主菜是法式魚排，點心是布丁。」

「哇，太幸運了！原來進藤每天都吃這樣的大餐喔？」痞子沼看著端到眼前的餐點說，美智子怯怯地點頭。

「進藤，妳是怎樣啦？不會說話囉？」

「不是啦。」美智子回答，聲音卻小得幾乎快聽不見。

「妳有回家嗎？」我問。美智子點點頭：

「我每天都有回家，而且星期天休息。」

見我露出放心的表情，小原女士說：

「人家把國中的女兒交給我們，我們文科省也不敢怠慢，每天早晚都派車接送。可是小朋友，你們不是來問這些的吧？晚餐就快吃完了，你們時間不多囉。」

被這樣一催，我焦急起來。我覺得有一大堆問題想問，這些問題卻亂成一團，像海嘯般席捲上來。痞子沼也一樣沉默著，但他是在擔心眼前的餐點來不來得及吃完。在這當中，三田村一邊優雅吃著安德烈烹調的雞胸肉，冷靜地說：

「Très bien（真棒），醬汁是勃根地紅酒呢。」

「Exactement, monsieur.（沒錯，先生。）」廚師畢恭畢敬地躬身行禮。

「那麼我就提問了，赤木醫生協助IMP的時候……」我開口。

「等一下，不懂的地方我要問清楚，什麼是IMP？」小原女士打斷。

「是我們的活動名稱，『保護生命計畫』的首字母。成員除了這裡的五人，還有如月護理長，總共有六名。」美智子小聲回答。

「那個炸彈女啊，我本來想挖角她進來，她卻拒人千里之外。不過我要訂正一點，那個新物種的名字不是『生命』，而是『心』，所以你們的團隊也應該要改名叫『保護心計畫』，也就是KMP[1]才對。」

「扭曲歷史的人叫做歷史修正主義者，在歷史學上是絕對不容許的事。」我

---

1. 譯註：「保護心計畫」的日文為「こころを守れ！プロジェクト」（Kokorowo Mamore Project）。

提出抗議，身為歷史宅，這是理所當然的態度。

「你們怎麼這麼愛計較？以前的事根本不重要，隨你們的便。」

「那麼我繼續問下去，赤木醫生說想要用『生命』的巨大神經細胞做研究，研究已經開始了嗎？」

聽到三田村的問題，赤木醫生微笑說：

「沒有，而且我答應過你們，儘量不做會傷害『生命』的檢查。」

「不是『生命』，是『心』。」小原女士訂正。

赤木醫生厭煩地瞥了小原女士一眼。我接著說：

「可是『生命』的手肘有抽血的痕跡，你們說沒有做侵入性檢查是騙人的。」

「曾自然還是一樣不聽人說話呢。我是說『儘量』避免傷害『生命』身體的檢查，抽血是一般常規檢查，不算違反約定。而且現在連進藤同學都理解了，要是繼續遵從校長的裁定，對『生命』的狀態一無所知，對他的未來沒有幫助，對吧，進藤同學？」

眼神空洞的美智子應了聲「對」，點了點頭。

「你怎麼就是講不聽？他不叫『生命』，叫『心』。」

小原女士再次訂正，赤木醫生沒理她。三田村進一步追問：

「那為什麼你們綁走『生命』都過了三個星期，連一篇投稿《自然》（*Nature*）的 rapid report（速報）都沒寫出來？赤木醫生之前還大發豪語，說光是進行一般檢查，立刻就能寫出好幾篇《自然》級的論文。」

赤木醫生的表情一瞬間扭曲，但他立刻恢復天生的好勝表情說：

「我們正在進行更根源性的研究，沒時間花在旁枝末節的研究上。跟我正在進行的研究相比，論文登上《自然》，只是瑣事。」

「論文登上《自然》是瑣事？」三田村打從心底驚訝地說。

小原女士插嘴：「『心計畫』是分工制，論文由藤田教授負責。可是明明得到如此容易發揮的材料，藤田教授卻搞得焦頭爛額。小朋友，以前你參與的計畫會失敗，搞不好是因為他太無能了。但他的角色有太多人可以頂替，不是問題。」

「如果說『生命』的基礎研究是旁枝末節，赤木醫生現在在進行怎樣的研究？」我單刀直入地問。赤木醫生微笑說：

「我的目標是『意識』的移植技術，這居然會成為計畫的核心，真是美夢成真。『心房』和未來醫學探索中心會成為全世界最先進的研究機構，沒想到我能在這裡和『DAMEPO』一同研究……」

「赤木醫生，你說得太多了。」小原女士喊停。

赤木醫生清了清喉嚨，雙眼注視著遠方，彷彿看不見我們，也看不見「生命」。

「甜點也吃完了，用完晚餐後，我們還得忙到深夜，你們回去吧。」小原女士說。

我覺得打聽到這麼多，似乎也夠了，但仔細想想，我發現只是聽到對方單方面的說法而已，要是就這樣回去，會被白鳥先生罵得狗血淋頭。

「那個，機會難得，我們想參觀一下未來醫學探索中心，只是看看而已，應該可以吧？而且『生命』在另一棟建築物嘛。」

小原女士交抱起手臂，問佐佐木學長：「你說呢？」

「隨便，不過地下室深處和二樓裡面的房間，絕對不能進去。」

「你帶他們參觀就好了嘛。」

「太麻煩了，我沒時間浪費在都上了國中、還沉迷於《超人巴克斯》這種幼稚低俗漫畫的傢伙身上。」

佐佐木學長站起來，從上下貫穿房間中央的螺旋階梯下去地下室了。

「進藤同學和赤木醫生再加把勁，做完『心』的反應實驗吧！」

美智子也站了起來，我還期待她會要求跟我們多聊一會兒，因此感到落空。

我們三人被留在餐桌旁，廚師和服務生過來，開始收拾。三田村向廚師道謝說「C'était bon」（很好吃）。

「三田村，你居然會說法語？」痞子沼驚訝地說。

「這沒什麼厲害的，就一些用餐對話而已，以前我爺爺帶我去法國餐廳吃晚餐時教我的。」

這就叫厲害好嗎？先生——我在心中嘀咕說。

我思考佐佐木學長留下的訊息，他叫我們絕對不要去地下室深處和二樓裡面的房間。佐佐木學長現在雖然看似與我們分道揚鑣，但私下明明很喜歡《超人巴克斯》的他突然提到《超人巴克斯》，我覺得其中隱藏著某些訊息。

我回想起眾所公認的名作，《超人巴克斯》第一季第八集〈顛倒星人希克拉傑的逆襲〉。

在那一集，遭到邪惡組織囚禁的隊員被下了咒，無法說出真話，但他設法讓巴克斯理解自己說出口的都是反話，成功傳達了正確的訊息。

就算佐佐木學長私下支持我們，但因為紅牌女士在場，他無法說出真話，所以才故意說反話也不一定。那麼他說「絕對不許進去地下室深處和二樓裡面的房間」，意思也就是叫我絕對要去那些地方探查。佐佐木學長下去地下室了，所以地下室深處沒辦法看，那麼他留下的訊息，就是「去二樓裡面的房間查看」。我把痞子沼和三田村留在一樓，一個人爬樓梯上去二樓。

中心二樓有三個房間，第一個房間雜亂地堆著文件，像座小山的病歷另一邊，許多台電腦正閃爍著燈號，這裡應該是佐佐木學長的辦公室。

第二個房間鎖著，我抓住最裡面的房間門把，小心翼翼轉動，輕手輕腳地推開門，在陰暗的房間裡看見一把蛋型的椅子，好像太空艙。

有種低沉的機器運轉聲，周圍的電腦燈號明滅閃爍著，太空艙頂部延伸出許多糾結纏繞的線路，連接電腦。太空艙裡坐著一名嬌小的男子，他穿著白色傳統工作服，就好像椅子的保護色。

「誰？」男子出聲，眼睛睜開一條縫。

聽到那沙啞聲音的瞬間，我頓時遍體生寒，腦中浮現正在過冬的白粉蝶翅膀開合的模樣。

我連忙關上門，呼吸不過來，我站在原地調整呼吸。

離開中心之前，我們去向地下室的佐佐木學長道別。我從中央的黑色平台鋼琴朝深處望去，佐佐木學長交代絕對不可以看的地下室深處一隅，有一座大水槽。那裡也延伸出許多管線，和周圍的電腦連接在一起。和二樓一樣，發出低沉的機器運轉聲。

躺在沙發的佐佐木學長撐起上半身，冷冷地說：

「少在那裡拖拖拉拉，事情辦完就快點回去，你們沒偷看二樓裡面的房間吧？」

是那個心照不宣的訊息，他果然想要我去看二樓裡面的房間。可是那個白衣人是誰？他在那裡做什麼？謎團越來越深了。

我煩惱著是否要等到隔天星期五再報告，我可以猜到白鳥先生會說什麼。

——掌握到這麼重要的事證，為什麼不立刻向我報告？再怎麼重要的情報，被遲鈍的傢伙握在手心裡，不傳到應該要知道的人那裡，也會變得毫無價值，毫、無、價、值！這就是日本會魯莽發動太平洋戰爭的理由，也是現在蔓延在霞關[2]的沉痾源頭。還那麼年輕有活力的超級國中醫學生居然會染上這樣的沉痾，真是令我驚訝。看樣子，我得把東城大學指定為生化危機地區了。

白鳥先生怎麼會在我的腦內恣意暴走？而且還擅自說出一堆我不知道的詞彙，這些妄想真的是我腦中的突觸活動嗎？還是我感染了某種我不知道的人格？站在赤木醫生的「一切資訊皆存在於突觸」觀點，或許我是感染了「白鳥菌」。我忍不住反科學地想：要是以這種狀態去向白鳥先生報告，會病得更嚴重。

這種身為生物節目《厲害達爾文》鐵粉絕對不能容許的思考，是危險的徵兆。

所以我承受著腦中的呵責，決定下星期一再去報告，而不是明天就去。這有部分也等於是呼應白鳥先生的說法：「現在應該要鎮定下來，集結總戰力。」

而且還有另一個外在因素，我正在煩惱到底什麼時候要去向白鳥先生報告時，收到了一封郵件。

2. 譯註：日本的中央機關集中在霞關一帶，故霞關經常被用來代稱日本政府。

是住在東京的雙胞胎妹妹忍寄來的。讀到信件，我有種奇妙的感覺。

✉親愛的哥哥，今天的早餐是炒蛋加吐司。忍

我會覺得奇妙，是因為內容和爸爸每天早上寄給我的信如出一轍。而且忍才沒那麼乖巧有禮，會寫這種信給我。我回信：

✉薰↓忍，這是在幹什麼？

收到新郵件的叮鈴聲立即響起。

✉親愛的哥哥，後天星期六，媽媽親手做了飯菜等你來。忍

更可疑了，明明之前還叫我再也不准去。我是在一個半月前第一次見到我的異卵雙胞胎妹妹忍，當時「生命」尚未孵化出來。

我琢磨著忍的事，眼中看到的信件文字漸漸變成了另一種樣貌——磨磨蹭蹭什麼啦？叫你來就快點來啊！

好啦——我對腦中變換的忍的臭罵苦笑，輸入郵件：

✉薰↓忍，明白，後天中午我會過去打擾。

寄出信後我陷入沉思，忍那丫頭在策劃什麼？

也因為發生了這件事，我才會打消星期五就向白鳥先生匯報的念頭。

六月三日，星期六，我在快到東京的品川站下了新幹線，挑戰從JR轉乘地鐵的高難度技巧。我覺得東京車站過於巨大，一定會迷路，品川站應該就沒問題，但我實在想得太容易了。因為品川站的巨大完全不亞於東京車站。不過這已經是我第二次來東京了，心理上寬裕一些，錯綜複雜的地鐵路線也是，只要坐過一次，就能掌握到只需要轉乘三次就行了。

我順利抵達了笹月站，搭乘長長的手扶梯出去地上，看見巨大的笹月超市招牌，從那裡走上十分鐘，就到了聖馬利亞診所。

第一次來訪，是一個半月前的四月中旬，來東京畢業旅行的自由活動時間。當時美智子陪著我，處處照顧我，但我只覺得她很煩，而現在已經沒有美智子陪我了。人總是在失去事物以後，才會發現它的價值。

我第一次醒悟到，我在璀璨的時光裡，奢侈地浪費了大把時間。

我按下診所玄關旁的小門門鈴，傳來應聲：「來了！」玄關門鐘發出「匡啷」聲響，穿圍裙的理惠醫生現身應門。

「歡迎光臨！薰，看到你真是太開心了。」

我行禮說：「謝謝妳邀請我來。」

上次我冒名三田村，所以這是我第一次以曾根崎薰的身分來訪。

「少在那裡見外了，快點進來啦。」

忍還是一樣尖酸刻薄，我苦笑著踏進玄關。

會客室沙發前的矮桌擺著飲料和一盤盤餐點。

「這是墨魚披薩嗎？」

「不是，是馬鈴薯蛋餅的殘骸。」

「那這邊像炸炒麵的是什麼？」

「是普通的明太子義大利麵啊！」

聽到這些樣貌陌生的料理都有著我熟悉的名字，我覺得好像誤闖了異次元。

理惠醫生坐在我對面，忍卻站著不肯坐。

「就叫妳不要勉強了，像平常那樣叫外燴就好了嘛。」忍這麼說，理惠醫生消沉地垮下肩膀。

「其實我沒什麼下廚的經驗……以前平常都吃媽媽準備的美味餐點，所以沒必要自己動手。」

「喔……」我含糊地應聲，理惠醫生請我開動，我咬了一口「墨魚」煎蛋，有焦炭的味道。

「媽媽為了讓哥哥嘗嘗她親手做的料理，做了她平常根本不做的事，先不論味道怎麼樣，至少肯定一下她的努力吧。」

「當然了，不，呃，很好吃。」我眼眶泛淚地說。

「這樣啊，太好了。」理惠醫生說，也吃了口黑色煎蛋，表情變得微妙。

「這與其說是馬鈴薯蛋餅……更像火烤煎蛋呢。」

我沒聽過這種菜，但如果當成叫那種名稱的料理，也不是不能吃……不，還是難以下嚥。

「幸好做到一半就罷休了，媽媽本來想要準備總共五道菜的全餐呢！」

我吁了一口氣，不得不說忍幹得太好了。

「既然都做了，我也吃一些好了。我也好久沒吃到媽媽做的菜了，難得有機會吃嘛。」

「咦，妳這話也太刻薄了吧。」理惠醫生說。

我說：「可以稍微加工一下嗎？」去廚房拿了調味料回來。

「吃宵夜的時候，我都會加上美乃滋，淋一點醬油，這樣或許會滿好吃的。」

我從細瓶口擠出美乃滋後，滴上數滴醬油。忍膽戰心驚地吃了一小塊黑炭煎蛋。

「啊，戲劇性地變好吃了！哥哥，難道你是個料理天才？」

「美乃滋是萬能調味料，愛上它魅力的人，叫做『美乃滋人』。」

理惠醫生拿起美乃滋瓶仔細端詳：「美乃滋熱量很高，所以我一直敬而遠之，不過現在對它刮目相看了。」

「拿來淋白米飯也超棒的。」我說，忍小聲說：「下次我來試試看好了。」

靠著偉大的美乃滋力量，理惠醫生做的菜全部被收進胃裡了。

餐後端出來的紅茶倒是頂級的，理惠醫生放下茶杯，看著我說：

「對了，『生命』的計畫現在怎麼了？一直都沒有消息。」

我斷斷續續地說明來龍去脈。忍沒有插嘴，靜靜聆聽。

等我大致說明完畢後，理惠醫生立刻說：

「往後要聽從那位白鳥先生的指揮嗎？有文科省牽涉其中，感覺事情會變得很嚴重，要不要我去向我帝華大學的伴侶打聽一下狀況呢？」

「可以信任他嗎？」我之所以這麼問，是因為以前聽說過帝華大學的別名是「官員培訓大學」，和政府機關就像是哥倆好。理惠醫生微笑：

「他能留在帝華大學的高層，簡直是奇蹟，但同時他也是帝華大學的希望。可以信任他，他很聰明，但不擅長利用自己的聰明，對升遷也漠不關心。」

聽到理惠醫生談論爸爸以外的男人，總覺得內心怪不舒服的。

可是既然是理惠醫生信任的人，應該沒問題吧。對現在的我們來說，或許反倒是必要的援軍。結果忍說：

「這麼說來，清川醫生今天傍晚不是要來幫忙嗎？」

「對耶，那剛好，我介紹你們認識。因為不曉得往後到底會怎麼發展，趁現在把拉得上關係的都先拉攏過來比較好。」

雖然不太情願，但不是有句話叫「大行不顧細謹」嗎？我想起歷史宅的信條，拜託理惠醫生說：「請務必介紹我們認識。」

「還有時間，來我房間聊一下吧，哥哥。」

「你去跟忍聊聊吧，薰。我傍晚前還要工作，忙完後再來叫你。」

這是忍的強制召喚，我直覺這邊才是正題，沒有其他選擇。

還以為要被帶去忍的房間，沒想到她敲了敲對面的房門。

「請進。」室內傳出男聲，一開門就看見擺著電腦的桌子。

五台大型直立式桌上型電腦主機並排在一起，前方有一台巨大的螢幕。雖然我沒有實際看過，但很像系統工程師的辦公桌。背對而坐的男人轉動椅子轉過來，他的雙手放在椅子靠肘上，抬頭挺胸。

背影像大人，但長相很年輕，搞不好和我差不多年紀。

「不好意思，我只能坐著。我是小忍的繼兄，青井拓，幸會。」

「呃，請問繼兄是……？」

拓微笑地看向忍，眼神像是在叫她解釋。

「拓哥是在診所幫忙的護理師的兒子，生日跟我一樣。也就是說，他跟哥哥你也是同年。他跟我就像兄妹一樣長大，去年正式由媽媽收養，我們變成真的兄妹了。」

「也就是說，他也是我的哥哥？」

「不，我是弟弟，薰哥哥。」拓搖搖頭說。

「在這裡幫忙的護理師的兒子，那就是理惠醫生的伴侶清川醫生的兒子嗎？」

「才不是呢，少根筋的吾郎叔叔才不可能生出這麼懂事的兒子。如果要說的話，吾郎叔叔跟哥哥你還比較像。」

忍說到這裡，露出驚覺的表情，像要掩飾什麼地匆匆說：

「不管那些，拓哥，替這個呆瓜哥哥說明一下目前的危機狀況吧。」

「好，實際用看的比較快吧。」拓邊說邊轉動椅子，面向螢幕。他的手一直擱在靠肘上，螢幕上的游標卻像牛虻般眼花繚亂地動起來。

「為什麼拓沒有碰鍵盤，卻可以輸入？」

「他得了一種叫ＡＬＳ——肌萎縮側索硬化症的病，俗稱「漸凍人症」，全身的肌力會逐漸衰弱下去。為了這類病人，開發出一種用視線操作電腦的輸入系統，他就是使用這種系統。」

「咦？拓得了ＡＬＳ嗎？」

拓轉動椅子，再次面對我們：

「小忍，有點熱，可以幫我脫掉外套嗎？」

「咦？可是……」

「他是妳哥哥，沒問題的。」

忍依舊遲疑，但很快就走到拓旁邊，搭住他的肩膀，按著他的雙手脫掉外套，結果脫下來的外套連著兩條胳臂。

只剩一件黑色無袖上衣的拓，身上沒有雙手。

「拓哥從一出生就沒有雙手。他在學校遇到霸凌，有段時間都關在家裡不出門，吾郎叔叔幫他在電腦裝了帝華大學開發的ALS病患專用輸入系統，拓哥一下子就學會了C語言，被稱為網路界的天才。現在拓哥在做寫程式的工作，不過這只是表面上的工作，他的真實面目，是『白帽駭客』。」

「什麼叫白帽駭客？」

「駭客是非法侵入安全區域，不當竊取資訊的小偷。駭客靠偷走網路上的財產牟利，但白帽駭客侵入的是國家系統，偷取的是對國家不利的證據，予以公開，保護公民社會，所以他們算是一種『俠盜』。」

「做這種事不會被抓嗎？」

「當然有風險，這是非法行為，要是被查出身分，就會被逮捕。可是拓哥是天才，他侵入時來無影去無蹤，再把挖到的情報公開給全世界。」

「只是它溜得快罷了。」拓用目光指示一個白馬形狀的標誌。

「這位白帽駭客先生找我有什麼事嗎？」

忍仰頭看天花板，深深嘆了一口氣：

「哥哥怎麼這麼遲鈍？你當真以為我想跟你吃飯嗎？就算是你也不會這麼想吧？你真的仔細讀過我的信了嗎？」

「妳的信？妳說跟爸爸一樣，只寫了早餐內容的信……」

說到一半，我驚覺閉口。

「你好像終於明白了，爸爸的來信，從三星期前就被阻斷了。哥哥你那邊也一樣吧？為了調查理由，我請拓哥侵入文科省的網站。」

「『木馬』體積輕巧，無孔不入，可以在網路上四處蒐集資訊，把它們壓縮之後帶回來。只要是連上網路的電腦，都是它的領土。它小而矯捷，很難抓到，這個軟體可以在一眨眼之間，網羅網路世界的一切知識。」

「聽起來簡直就像神呢。」我坦率地說出感想。

「唔，或許接近吧。現實世界裡，人們在教堂或大聖堂向神明祈禱，在電腦的世界裡，就相當於向超級電腦提出要求，不過真正的神明存在於每個人的心中。這個軟體可以像這樣潛入每一台個人電腦裡面。」

「就像電腦病毒嗎？」

「有點不一樣，或許更像粒線體。在遠古，粒線體原本是細胞外的病毒，但現在已經成了細胞的發電機，『木馬』也類似於粒線體。」

「也就是說，不是寄生在電腦，而是與電腦共生嗎？」不知不覺間，我對拓用敬語說話。

「不愧是小忍的哥哥，超級國中醫學生，很會用醫學做比喻呢。它把外部的無數電腦當成自己的住宿，四處落腳，最後再回到這裡。」

「然後，這隻『木馬』也拜訪了文科省的電腦嗎？」

「雖然它輕易就侵入文科省的主電腦了，但想要接觸『心計畫』的相關情報，安全層級一下子就跳高了，是世界最頂尖的美國國防部等級。這樣的落差讓

『木馬』不知所措，就好像在門戶洞開的建築物裡，只有一個房間媲美戒備森嚴的銀行保險庫，難以進入。」

「對了，我們和爸爸的接觸會被阻擋，好像是因為爸爸想侵入國防部中樞，結果被抓到。」忍說。

只會寫信向兒子報告早餐內容的懶散爸爸，竟然會試圖侵入世俗的權力中樞，我難以置信。這段期間，拓仍在讓螢幕上的游標眼花繚亂地四處跳動。

「我看過各個相關的地方，但與這個案件相關的管制水準，是前所未見的程度。」

拓打開郵件軟體，接著閉上眼睛，憑靠在椅背上。

螢幕上面並排著兩星期份未寄出的郵件，一封封開啟又關上。

✉ Dear Kaoru, 早餐是火腿蛋和柳橙汁。Shin

✉ Dear Kaoru, 早餐是麥片加牛奶。Shin

✉Dear Kaoru，早餐是披薩吐司和咖啡歐蕾。Shin

來自爸爸的未收到信件如洪水般一擁而上，我胸口激動難平。爸爸明知道我收不到，仍每天持續寄信給我。

「曾根崎教授的郵件遭到封鎖，教授察覺了這件事，但假裝沒發現，一如平常地繼續寫信。要是在這時候設法突破，只會讓敵人提高安全層級，所以我覺得這是很聰明的做法。」

我忽然想到彷彿只在電視劇裡聽過的巨大組織名稱。

「拓，你聽過『DAMEPO』嗎？」

拓的眉毛一挑，我說明赤木醫生提到這個組織，隨即被小原女士制止而噤聲，拓抬頭仰望天花板。片刻之後，他靜靜地說：

「小忍，不好意思，我要跟這件事保持距離。」

「咦？拓哥，怎麼突然這樣說？」

「好像踩進我應付不了的危險區域了，會無法確保人身安全。」

「原來拓哥這麼孬種？」

「沒錯，妳太抬舉我了。一直以來，我都只是在能確保自身安全的情況下，努力去做在這裡做得到的事而已，往後也是一樣。如果對手是『組織』，或許我的『木馬』會被逮到。萬一被逮到，那就萬事皆休了。我的身體本來就比常人更加不便，萬一遇到狀況，別說插手了，連想開溜都辦不到。」

「我真是看走眼了，拓哥。薰哥哥還有我的爸爸正遇到危險，你要拋棄他們嗎？」

拓的表情痛苦地扭曲。我說：

「我認為拓的決定是對的，在這個世界，只有自己能保護自己的安全，這是《厲害達爾文》裡也一再強調的大自然道理。」

「什麼《厲害達爾文》？」

「生物節目《太厲害了！達爾文》的簡稱。在自己能夠勝任的範圍內，去做自己做得到的事，在這個世界，這樣的心態才是絕對的真理，所以他沒有錯。」

我看著依舊憤懣不已的忍，接著說：

「以前我曾被逼著莫名其妙地投稿論文。如果那時候的我，有拓現在的冷靜判斷力，還有撤退的勇氣，就不會害身邊的人難過了。」

忍沉默了。拓說：

「謝謝你說出我的心聲，但我沒那麼了不起。我對『組織』多少有點認識，所以得忠告你一聲，你最好也不要再插手這件事了。」

「謝謝你的忠告，但我找到的『生命』、我重要的朋友和學長都在等著我，我不能臨陣脫逃。」

「抱歉我幫不上忙。不過，還有一個人即使身在這種狀況也不肯罷休，那就是曾根崎教授。就我所知，教授是全世界最敏銳的人，所以我認為他很快就會採取某些行動。我也會繼續觀測，一有發現，會透過小忍連絡你。」

「這樣幫助就很大了，麻煩你了。」

我想要握手，想到拓沒有手，搔了搔頭。忍臭著一張臉說：「你們在那裡臭味相投個什麼勁啦？唔，是無所謂啦。」

接著我被帶去忍的房間，忍整個人躺到床上，說：

「啊，心煩意亂。今晚還是去『深淵』好了。哥，你要一起來嗎？」

我點點頭。我和山咲阿姨說我要來理惠醫生這裡，就算晚歸也不要緊。其實如果忍沒有提議，我也會請她帶我去。

後來忍把我介紹給清川醫生認識，簡短介紹之後，忍馬上就離席了，只剩下我和清川醫生兩人。我們是第一次見面，而且對方是帝華大學醫學院的婦產科教授，地位不凡，忍對待他也太怠慢了吧？我私心同情，結果清川醫生說了意想不到的話：

「聽說你是櫻宮中學的學生？之前有學生畢業旅行自由活動來參觀帝華大學醫學院，你認識他們嗎？他們兩個完全相反，一個是帝華大學的粉絲，對帝華大學的歷史和現況無所不知，另一個一邊聽我介紹，一邊挖鼻孔。」

「他們是跟我同組的，那個時候我分開行動，來這裡參觀。」

「聽說你是理惠的兒子，和小忍氣質不一樣呢。」

「對啊，忍說她跟我的爸爸是不同人，真的有這種事嗎？」

「理惠的話，是有可能幹出這種事。她現在變得比較圓融一些了，但以前綽號叫『冰山魔女』呢。啊，你不要告訴理惠喔，要不然她會誤會是在說她的體型。」

我點點頭。不過「冰山魔女」？好可怕的綽號。

「看到現在的理惠，應該完全無法想像吧？因為她的戰鬥已經結束，願望成真了。她的戰場，是讓食古不化的日本社會承認代理孕母。」

「難道，理惠醫生是用我們兩個向社會宣傳嗎？」

「咦？你在生氣嗎？我還以為你會為了自己的存在對社會有貢獻，而感到開心呢。」

「被當成實驗動物，任誰都會生氣的。而且你又不認識我，怎麼會這樣想？」

「因為你是我心愛的理惠的兒子啊。」

居然能滿不在乎地說出這種肉麻兮兮的話，這個人果然不能信任，而且外表乍看之下還老成帥氣。可是他是理惠醫生信任的伴侶，尖酸刻薄的忍也沒把他批得一文不值，所以應該是個相當不簡單的人物吧。

「你們母子好不容易感動重逢，看來我不小心澆了冷水。雖然我平日總是自我警惕禍從口出，但就是管不住自己的嘴巴。讓我訂正一些地方吧，理惠就是一根腸子通到底，太笨拙了。」

「可是她的確是拿我和忍當廣告，要世人接受她的主張吧？」

「你那激動的口氣跟理惠一模一樣呢。聽著，理惠並沒有把你們的存在公諸於世，代理孕母山咲女士阻止了她。山咲女士威脅要是理惠這麼做，就不把生下來的孩子還給她。」

「是山咲阿姨——我的外婆保護了我嗎？」

「沒錯，人總免不了犯錯，理惠為了拯救不孕婦女的痛苦和傷痛，差點讓你們暴露在危險當中。但是在他人的提點下，她懸崖勒馬了，你就原諒她吧。」

「如果她沒有用我們進行宣傳活動，為什麼社會接受了代理孕母？」

「這就是我的貢獻了。理惠沒有用你們進行推廣代理孕母的活動，但她大大地利用了我。說起來，為何社會沒有引進代理孕母制度？有許多母親想要為不孕的女兒盡一份心力，只要能尊重當事人的意願，代理孕母制度應該可以更早引進日本社會。但想要引進新的制度，就一定會有人插嘴干涉。在代理孕母問題上，理惠是遭到當時的上司、冥頑不靈的臭老頭——啊，不對，是秉持堅定信念的屋敷教授大力反對。」

「為什麼？」

「排斥變化的老頭遇到自己看不順眼的事，就會把它代換成『世人不會認同』。他們會質疑：『這樣不會出問題嗎？』如果當事人回答『沒問題』，事情就簡單了，但只有那些為了自保而逢迎高層的小人物會升遷，結果這個世界完全不會改變。」

「報社記者提到『首相案件』，『首相案件』也是一種自我審查，對嗎？」

「你的理解力真好，既然你這麼明理，應該可以原諒理惠吧？」

「清川醫生，你還沒有說明是怎麼利用我們的。在聽到答案之前，我無法原諒。」

「啊，看我這個糊塗蟲。我是利用你們雙胞胎，來說服上司屋敷教授。屋敷教授是反對代理孕母制度的強硬派，而且感情用事，令人沒轍。雖然是情非得已的選擇，但我暗示你們的存在，以此威脅屋敷教授。」

「威脅？怎麼威脅？」

「不，那不算威脅呢，我只是詳細地說明事實而已。曾根崎講師找了代理孕母，生下了孩子，她好像準備在週刊雜誌發表手記，也打算提到屋敷教授反對代理孕母的事，怎麼辦？聽到我這麼說，教授暴跳如雷，說：『清川，你給我想想辦法！』所以我說：『理惠似乎已經鐵了心，要在公開場合與教授辯論。』結果教授氣得面紅耳赤，就像燒開的水壺，說：『我絕對不准！』我說：『她的辭呈已經受理了，教授再怎麼責罵，也影響不了她。』屋敷教授聽到這話，哭求說：『拜託，就算不擇手段，也要讓她放棄公開手記！』所以我告訴他：『既然如此，有一招可以阻止理惠造反。』」

「是哪一招？」我興奮地問。

「『搶先理惠，讓日本婦產科學會發出同意代理孕母制度的聲明就行了。』『混帳！事到如今，我怎麼可能做這種事！』『那麼您只能死了這條心了。』『等等，我不能站在風尖浪頭上，你來。』『了解。』就像這樣，但我的力量不夠，最後學會發出來的聲明，是原則上應該禁止代理孕母。」

我低吟起來，這個人確實淋漓盡致地利用了我們雙胞胎，讓社會接受了代理孕母制度，但我們卻未因此蒙受任何損失，好厲害的手段。

「我理解了，既然是這麼回事，我可以原諒理惠醫生。」

「太好了，我還在想，都說了這麼多，如果你還是要鬧脾氣的話，我也只好來硬的了。」

「來什麼硬的？」

「其實替你們雙胞胎接生的人是我，我本來想說接生婆……不對，是接生爺說的話你敢不聽！」

這時，我明白理惠醫生選擇這個人做為伴侶，以及忍肯定這個人的理由了。

清川醫生在傍晚的門診看了幾名病患後回去了。理惠醫生和忍都沒有送他，看到兩人對他熟不拘禮的態度，我深切地感受到，他是這個家的一分子。清川醫生回去後，我待在會客室，理惠醫生和忍一邊拌嘴一邊走了進來。

「媽媽絕對反對！」「媽媽沒資格對我的畢業出路說三道四！」「我不記得把妳教養成這麼叛逆的小孩！」「妳才沒有教養過我！」

理惠醫生看到獨自坐在會客室沙發的我，慌了起來：

「糟糕，忘記薰還在了。」

咦？難道她們兩個都忘了我還在這裡？太過分了……雖然嚇了一跳，但我還是問了一下她們在吵什麼。

「原因是這個。」理惠醫生遞過來的紙，是我也很熟悉的文件——畢業出路調查表。

「呃，我記得忍不是讀完全學校嗎？」

「對啊，可是她卻突然說不進直升的高中部，想去讀音樂大學的附屬高中。」

「她那麼有才華，當然……啊，好痛！」

腳傳來一陣疼痛。忍惡狠狠地瞪過來，使盡全力踩我的腳。

「哦，搞不好那個……忍有著不為人知的音樂才華，而且年輕人的話，應該也會想要挑戰夢想吧。」

「別開玩笑了！她現在的成績，可以靠推薦進入醫學院，卻說什麼想成為音樂家，不敢置信！如果她不當醫生，診所就要倒了。」

「這不是院長三枝醫生該煩惱的問題嗎……？」

「三枝醫生因為一些原因，沒有結婚，也沒有小孩，所以如果忍不接這家醫院，就只能關掉了。這麼一來，這個地區的婦產科醫療會出現缺口。」

我覺得即使是看似革命開明的理惠醫生，面對女兒，也只是個普通的母親。

「我覺得做真正想做的事，才是最好的。像我，到現在都還沒決定畢業以後要怎麼辦，所以看到忍已經決定畢業後要走哪一條路，雖然是自己的妹妹，但我覺得很了不起。」

「薰，你在說什麼？你不是已經進了東城大學醫學院嗎？」

「表面上是這樣，但其實有很多問題……」

我結巴起來，理惠醫生見狀，拍了一下手說：

「我想到好主意了！薰代替忍來接這家醫院怎麼樣？」

「咦咦咦？為什麼是我？」

「你是我的孩子，而且才讀國中就進入我的母校東城大學醫學院，是超級國中醫學生。對了，我請清川醫生也一起來幫忙說服你。」

「呃，清川醫生已經回去了。」

「咦，真可惜。不過這種事，本人的意願很重要，如何？薰，你可以認真考慮接這家診所嗎？」

「咦？呃，那個……對了，忍，妳不是說要帶我去看妳上的補習班嗎？」

「咦？啊，對耶，媽媽，今天先講到這裡，我要跟哥哥一起去吃晚飯，給我錢。」

理惠醫生嘟噥著「外食營養不均衡的說」，掏了兩張一千日圓的鈔票給忍。

「薰，我剛說的事，你要認真考慮，什麼時候回覆我都行。」

我落荒而逃地離開了聖馬利亞診所。

「妳也真是辛苦呢。」我感慨地說，忍一口咬上漢堡：

「受不了，今天本來想在『深淵』吃飯的，有夠衰。」

在漢堡店吃完晚飯後，我們前往隔壁的「深淵」。推開地下室沉重的門，吧檯坐鎮著綁紅頭巾的老闆娘。

旁邊戴墨鏡的酒保正拿著白布擦杯子，裡面的座位坐著一襲藍色禮服的

SAYO小姐，就像誤闖淺水灘的熱帶魚。

「難得妳來了，不過今晚沒客人，沒有現場演奏。」

「剛好，今天晚上我心情很差，感覺也端不出什麼像樣的演奏。」

「這麼暴躁，怎麼了嗎？」

忍說出她和理惠醫生吵架的事，老闆娘嗤之以鼻：

「解決方法很簡單，照妳想做的去做就行了。然後妳媽媽會叫妳滾出家門，妳再搬出去就好了。」

「別開玩笑了，我是國中生，怎麼可能一個人自力更生？」

「既然如此，就只好乖乖聽媽媽的話啦。」

「知道了啦，啊，氣死人。老闆娘，我可以拉首曲子嗎？」

忍走上舞台，架起弓，一口氣拉起小提琴，激情的旋律迸發而出。聽眾只有我一個人。拉完一首小品，忍回到座位，一口氣喝光柳橙汁。

「妳生氣的時候演奏得更好呢，只要別忘了這種感情，想上音樂大學根本不是問題。」

「進音樂大學不是妳的目標吧？」戴墨鏡的酒保說。

「不愧是牧村先生，很了解我。我只是不想走在父母鋪好的軌道上。」

「可是這樣太懦弱了，小忍，妳應該堂堂正正和妳媽好好地談一談。妳媽可是好好地面對妳的問題，」SAYO小姐說，「欸，老闆娘，雖然沒客人，但我也可以唱一首嗎？」

老闆娘指著我說：「不是有客人嗎？」點了點頭。

「是呢，抱歉。瑞人，我想唱〈La Mer〉（海），可以嗎？」

酒保停下擦杯子的手，「叩」一聲放下杯子。

「請便，小夜想唱什麼，是妳的自由。」

SAYO小姐打開手邊的盒子，取出銀光閃閃的頭冠，戴到髮上。

「小忍，可以麻煩妳拉琴伴奏嗎？」

忍站到SAYO小姐旁邊，開始演奏，能拉出這樣的水準，當然會想進音樂大學吧。可是忍的想法沒有傳達給理惠醫生，因為理惠醫生沒有聽過忍的演奏。

什麼嘛，事情明明很單純啊。

下一秒，SAYO小姐的歌聲傳來，我看見了微波拍岸的白色沙灘，少女的洋裝裙襬飛揚，奔馳而去。

杯子從酒保的手中落下，滾過桌面，他摸索著想要拿起杯子，卻抓不到。我看著他那模樣，腦中忽然浮現許多聲音，記憶嵌合在一起。

「敦是我學弟。」「他有個學長得了一樣的病。」「你是敦的小弟，所以我會幫你。」

我撿起滾動的杯子，遞給酒保說：

「你就是佐佐木學長得了眼癌的那個學長，對吧？」

酒保接過杯子，嘴脣泛起微笑：

「小夜的歌聲會激發『共感覺』。你知道在大腦中，一切的刺激都會轉化成電流嗎？」

「有個老師在做封存突觸的電流活動、移植人心的研究，他教過我這些。」

「那解釋起來就簡單了，森羅萬象都會轉換成電子訊號，受到大腦認知。不管是聽覺、視覺、感情還是思考，都是電子訊號，因此不會混雜在一起，能確實傳遞。理論上，只要能傳送出跨越這種境界的訊號，也能夠透過歌聲來投射出情景。」

「雖然很難理解，但也只能去理解呢。」

「理論應該是為了歸納現實而建立，因為不符合理論，就拒絕現實，這是本末倒置。」

「牧村先生和ＳＡＹＯ小姐是什麼關係？」

「瑞人以前是我任職的病房的病患。」ＳＡＹＯ小姐回答。

「所以妳以前待過東城大學的小兒科？那麼妳認識如月護理長嗎？」

「當然，翔子是同期裡面跟我最要好的朋友。」

「所以佐佐木學長才會對翔子阿姨百依百順啊。」

「對啊，沒有人能反抗翔子。以前翔子在一樓的急救中心，我在二樓的小兒科病房。」

「哥哥，是不是應該也跟牧村先生和SAYO小姐說明一下『生命』的事？」

不愧是我妹妹，好主意。我大略說明前因後果，在一旁聆聽的忍嘆氣說：「哥哥也經歷了不少呢。」

「既然白鳥先生出面了，應該沒有我的戲份了。」牧村先生對不同的點做出反應。

「沒這回事，我認為還是有『4S代理店』能發揮的地方。」

「可是那個人很幼稚啊。他為了《超人巴克斯》的席托隆星人是否偽善而爭論，把還在讀幼稚園的敦批得體無完膚。那件事對敦造成心理創傷，害他都不敢公開說他喜歡《超人巴克斯》了。」

咦？原來是這樣嗎？這麼說來，白鳥先生闖入會議的時候，佐佐木學長的臉難看極了，對白鳥先生的評語也很尖銳。SAYO小姐說：

「我理解瑞人討厭他的心情，可是俗話說『良藥苦口』，必須忍耐才行。」

「他才不是什麼『良藥』，他是『劇藥』，而且是『毒藥』。」

牧村先生一刀兩斷地否定白鳥先生這個人，感覺沒必要勉強牧村先生和白鳥先生見面，只要我居中請兩人合作就行了。

因為「生命」是我們的問題。

「這麼說來，佐佐木學長以前是個怎樣的小孩？」

「他超愛巴克斯，也喜歡席托隆星人，是個愛哭鬼。」

這時有客人進來了，時候已過九點。為了趕新幹線末班車，我離開店裡，忍也說今晚不演奏，陪我一起離開。

走出地面時，碩大的滿月照亮了我和忍。

第3章

6月4日(日)

輕浮沒神經自我中心的人橫行於世。

從小學三年級開始，我在各方面就一直受到美智子的照顧，但這是我第二次拜訪她家。第一次是美智子轉學進來的小三那一年，她邀請我參加慶生會，所以是五年多前的事了。當時我心想：「好大的房子！」但現在可以說出更像樣一些的感想。美智子家坐落在閑靜的住宅區，是一幢豪宅，和櫻宮車站附近的鬧區蓮葉大道有一些距離。保全完善，圍牆也是混凝土高牆，感覺即使自衛隊攻打過來，也可以撐上半天。

之所以會忍不住想到這些，是因為「生命」遭到強奪的時候，自衛隊的突擊部隊炸破東城大學橘色新館的記憶仍栩栩如生吧。

我正想按門鈴，發現指頭在發抖，做了個深呼吸。

我重新振作起來，正要按下門鈴，這時門「嘎」地一聲打開，傳出「請進」的人工合成聲。走進大門，是寬闊的中庭，前方是玄關門。大門在背後「葛葛葛」關上，換成玄關門打開來，門內站著一名高大的男子。

「曾根崎同學吧？你好，我是美智子的父親，在美國受你父親照顧了。」

「哪裡，我才要謝謝叔叔照顧爸爸。請問美智子同學在家嗎？」我盡可能有禮貌地問。美智子爸爸的表情瞬間沉了下來：

「其實星期天她應該要休息，但發生緊急狀況，兩小時前有人來把她接走了，她應該中午過後會回來。你可以等她嗎？我招待你茶點。」

我姑且聽從了美智子爸爸的提議，絕對不是被茶點拐進去的。被帶到會客室後，美智子爸爸以笨拙的動作端茶過來。

「內子出差不在，我不曉得家裡東西放哪裡，只能招待你這些。」

托盆上堆滿了洋芋片，雖然我不討厭洋芋片，但這樣一座洋芋片山，教人不知該從何下手。我正好肚子餓了，感覺洋芋片會變成我的午餐，可是洋芋片很鹹，不配茶會很渴。雖然美智子爸爸叫我慢慢坐，但是在別人家的客廳，不可能放鬆到哪裡去。四下張望，雖然有電視，但沒看到遙控器。

簡而言之，我卡在這裡動彈不得了。堆成小山的洋芋片超好吃，一開始吃就停不下來，一眨眼就被我掃光了，不出所料，片刻之後我感到非常口渴。自己總是不考慮後果，順從本能橫衝直撞，這讓我反省了一下。這時，傳來大門「嘎」地打開的聲音，接著是車子開進來的聲音，然後是「砰」的關門聲，車子開出去，大門「葛葛葛」關上。

玄關門打開，傳來「我回來了」的招呼。

「咦？有客人？」是美智子的聲音，接著是「噠噠噠」的腳步聲。

「薰來了？幹麼讓他進來啦？合約上明明說禁止跟『生命』相關人士接觸啊。你是國際律師，可以這樣無視跟文科省的合約嗎？」

「就算妳這樣說，他硬要闖進來，還說他肚子餓了，叫我拿東西給他吃，我只好拿出珍藏的洋芋片。那麼厚臉皮的孩子，只有妳才搞得定啦……」

咦，太過分了吧？美智子爸爸！我根本沒說過那種話啊……

客廳門打開，美智子抱著胳臂站在那裡，我反射性地把最後一片洋芋片丟進嘴裡吞下去。美智子在我對面的沙發一屁股坐下來。

「麥克，開冷氣。」她說，傳來「遵命」的電子回應聲，空調開始運作。

「這什麼？未來都市喔？」

「薰真是落伍，現在這時代，聲控系統是家家必備的好嗎？」

「才不是，只是妳家太先進了而已。」

在我家，魔法咒文是「山咲阿姨」，比方說：「山咲阿姨，幫我開電視。」

「我沒看到電視遙控器，難道這也是那什麼系統嗎？」

美智子說：「麥克，開電視。」

「遵命。」電子聲響起，整面牆壁變黑，隨著「嗡」的一聲，出現全彩畫面。

電視上正在播出的，居然是《厲害達爾文》最讚的一集〈杜鵑托卵〉！沒想到星期天的這個時段在重播《厲害達爾文》的精選集，真是大收穫。

可是美智子一下子就說「麥克，關電視」，「嗡」一聲之後，客廳牆壁又變白了。

「你突然跑來我家，是怎麼了？」美智子的聲音很冰冷。

「當然是擔心妳啊，妳怎麼了？居然休學。」

「我不是解釋過了嗎？是為了參加『心計畫』，沒辦法去學校。」

「他不叫什麼『心』，是『生命』吧？」

「叫什麼都無所謂了，照顧『生命』是我現在的任務。」

「所以妳才對他們唯命是從嗎？」

「那你說我能怎麼辦？我負責陪伴『生命』，那孩子現在是小原女士在照顧，我也只能參加那個計畫了啊。」

「是這樣沒錯……可是他們對『生命』好嗎？」

我說的「他們」，指的是小原女士那夥人，但我愕然發現，如今那夥人裡面也包括了赤木醫生和佐佐木學長。美智子支吾了一下，立刻說：

「在我的堅持下，他們改變了許多做法，雖然我不滿意，但還可以接受。現在我在那裡做的事，跟和你一起照顧『生命』的時候一樣。」

這我知道，可是……

「這樣真的就好了嗎？」

「我不知道，如果我抗議，他們會停止，但不曉得這能持續到何時。參加計畫的時候，我被迫簽了切結書，禁止我跟之前與『生命』有關的人接觸，所以我不能見東城大學或曾根崎團隊的人，其實也不能跟你說話的。上次可以說話，是因為小原女士也在場。可是你也真是亂來，居然強勢突破我爸爸這個超厲害國際律師的防衛網，就連美國的多國籍企業顧問律師，都很少有人辦得到呢。」

聽到這話我明白了，美智子的爸爸想要我跟美智子見面。

「我想確定一件事，如果往後計畫的方針改變，『生命』會遇到危險，妳還是會繼續遵守那份合約嗎？」

美智子冷不防重重地敲了桌面一下：

「不要亂說！要是有人想傷害『生命』，我會跟他沒完沒了！」

美智子氣勢洶洶地說，金屬般的電子聲回答：「遵命。」

「聽到這話我就放心了。我們以白鳥先生為中心，正在準備全面戰爭，如果狀況讓妳覺得不妙，就馬上連絡我，我會立刻趕過去的。」

美智子注視著我，那雙大眼突然滾出淚水。「謝謝。」她說，以指頭拭淚，整個人萎靡下去，彷彿脹得快破掉的氣球消風了一樣。

「總覺得好累，傍晚還會有人來接我，不好意思，我要去休息一下。」

美智子離開了，我目送她的背影。片刻後，美智子的爸爸過來，把一只USB隨身碟交給我：

「美智子在家每天都寫下詳細的業務日誌，她把職場的業務日誌複製後，帶回家再補充育兒日記。這是業務日誌加上育兒日記的複本，你帶回去吧。」

「咦？這不會違反美智子和計畫的合約嗎？」

「我可是在雁過拔毛的國際社會商業合約中披荊斬棘，把違法行為合法化的律師，那種合約內容對我來說，根本是小兒科。而且美智子尚未成年，她的合約必須由我這個監護人代理，所以我想方設法加進了各種保留條款。那些是口頭約定，和小原女士之間沒有合約。換句話說，保密義務不適用於我，所以我把情報交給你也沒問題。而且這份合約有漏洞，不僅業務形態違反了加班和八小時工時的國際勞動基準，也違反日本的勞基法。要是向媒體爆料，這個計畫當場就會崩潰瓦解，也就是說，我手中握有破壞計畫的炸彈引爆裝置。」

美智子爸爸說完，露出胸有成竹的微笑：

「事到臨頭，我可以用這一招讓他們嚇破膽。不過這份情報，希望你不要隨便外流出去。」

「請放心，為了保護『生命』，我什麼都願意付出，此外的事都可以忍耐。美智子也說了一樣的話，所以我想只要是根據這個想法的行動，她會認同的。」

「謝謝你，有你這樣的朋友，美智子一定沒問題的。」

美智子爸爸說反了，一直以來，都是美智子在幫我，所以這次輪到我幫她了。

以結果來說，延後向白鳥先生報告拜訪未來醫學探索中心的收穫是正確的。這三天間，我得到了許多重要情報，絕對不會再讓白鳥先生說我是「呆頭呆腦笨手笨腳的遲鈍凡人」了。我鼓足幹勁，委託田口教授臨時召集祕密會議的成員。

六月五日，星期一，曾根崎團隊的三個男生吃完營養午餐後就早退了。抵達東城大學的校長室時，高階校長、田口教授和白鳥先生三個人正在等我們。

白鳥先生咧嘴一笑：「要求緊急召集，膽子不小嘛。要是沒有實際內容，我可饒不了你。」

白鳥先生一有機會就向對方施壓，或許他骨子裡就是個愛霸凌人的傢伙。

我們把蒐集到的情報報告上去，再次拜訪未來醫學探索中心的結果，由三田村報告，三田村不愧是醫學宅，確實掌握了我漏掉的醫學資訊。上星期差點變成醫院繼承人的我，忍不住對淡淡扛起繼承大任的三田村投以尊敬的眼神。

「赤木醫生的研究，是『NCC（意識相關神經區）的替代刺激置換現象』，在這個過程中得到的是『感覺意識體驗』，學術名詞是『感質』。這是意識和神經元連結性的研究，我原本猜測，赤木醫生是要利用『生命』的巨大神經細胞來進行神經傳導實驗，但看來他似乎想要進行更全面的實驗。」

我回想起赤木醫生的說明，「感質」就像是腦內的「小球」，赤木醫生說他想要把感質的「替代刺激置換現象」中的電流刺激換成其他刺激，重新建構認知到的世界。三田村繼續說：

「如果說撰寫《自然》級的論文是瑣事，那麼計畫核心一定是『生命』的神經活動分析。在現代醫學中，就算心臟都可以移植了，大腦仍然無法移植。因為人的意識存在於大腦，所以赤木醫生的研究，最終目的應該是『意識』的移植，也就是『心』的移植。」

白鳥先生拍了一下手說：「Bravo！」

「高階校長、田口教授，這位聰慧的少年，認知似乎遠遠凌駕兩位呢。現在還不遲，改讓這位三田村同學跳級是不是比較好？」

突然遭到蔑視的我清了清喉嚨，開口說：

「接著換我報告，我去見了曾根崎教授邀請協助的聖馬利亞診所的山咲醫生，她把帝華大學醫學院婦產科的清川教授介紹給我。」

「咦？那位清川教授和聖馬利亞診所也有關係嗎？早知道，我也想在畢旅自由活動的時候去拜訪。」三田村說。

我說「等下次機會吧」，繼續報告：

「清川教授告訴我代理孕母的社會認知問題後，我在認識的店裡見到了東城大學的相關人員，他叫牧村瑞人先生，也認識白鳥先生。」

「咦？你見到瑞人了？」聽到這件事，就連白鳥先生也難掩驚訝。

「我還聽到了歌手SAYO小姐的歌聲，牧村先生告訴我『共感覺』這種現象。」

「瑞人那小子，還跟濱田混在一起嗎？不過你的知識和資訊一團混亂，卻總是能憑運氣過關斬將呢。雖然能夠將事情導向成功的，都是這類樂天的傢伙……」

這番稱讚，讓我有種被用力搓頭，同時又被抱起來飛高高的感覺。我大概理解高階校長和田口教授討厭白鳥先生的理由了。

我取出USB隨身碟，交給白鳥先生：

「昨天下午我去了進藤同學家，『生命』的『心計畫』裡，她的意見大部分都被採納了。這支USB隨身碟的內容，是她的業務日誌。」

白鳥先生從皮包裡取出筆電，當場將隨身碟插進去：

「我撤回剛剛說的話，曾根崎不只是純靠運氣，還有過人的行動力。進藤同學也好優秀呢，哦哦？這裡是這樣出招啊？」白鳥先生喃喃自語著，專心閱讀美智子的業務日誌。

「對了，赤木醫生稍微提到了『DAMEPO』，那是什麼東西？」我問。

白鳥先生從筆電螢幕抬起頭來：

「赤木醫生提到這個詞？真的假的？這可是最糟糕的劇本。像你這樣的一般老百姓還是不要知道比較幸福，反正就是那類組織的名稱。可是沒想到『DAMEPO』會在這時候冒出來……啊，到底該怎麼辦才好……？」

白鳥先生抱頭苦思了一陣，接著猛地抬頭說：

「我就覺得這次水很深，文科省反常地迅速應對，首先就讓我覺得不對勁。就算官邸親自出馬，只靠一張嘴皮的國崎首相身邊也沒有能迅速應對的聰明智囊，不可能當場決定提供多達百億日圓的研究經費。因為首相的綽號可是『會動嘴的提線木偶』呢。那麼，在國內不可一世的國崎首相會哈腰奉承的對象，全世界就只有一個了。賣關子也沒用，我就直接揭曉答案了。能夠隨心所欲操縱國崎首相這頂沒分量的神轎，全世界就只有一個人，那就是『美國總統』。

「美國的智囊團立刻從『生命』打造出一個利益導向的系統。如果是美國總統的指示，要籌出一百億日圓，根本是小事一樁，而且『紅衣女士』淪為他們的爪牙，真是地獄組合。能夠對抗美國精銳部隊的，就只有『隱形機伸一郎』了。曾根崎教授都已經算到這一步，發出緊急請求了，卻因為東城大學傻呼呼的高層太過悠哉，一下子就陷入動彈不得的狀況了。」

「雖然你這麼說，但我請你支援的時候，你不也是慢條斯理的嗎？」田口教授反駁說，白鳥先生豎起食指左右擺動，發出「嗤嗤嗤」三聲。

「田口教授，你這口氣很沒大沒小喔？我好歹也是你的師父，尊重一下吧。追根究柢，都是你委託的內容太過含糊不清，你還記得當時是怎麼說的嗎？」白鳥先生說，從口袋裡取出手機。

「我居然隨身攜帶手機，真是墮落，雖然是很方便啦。我看看，對，就是這個。」

白鳥先生讀出訊息內容：「『前略，白鳥室長，東城大學發生緊急狀況，將召開臨時教授會，背後可能有藤田教授在策動。為防萬一，可以請您進入危機管理狀態嗎？田口敬上』。看吧，你完全沒提到這場會議是曾根崎教授要求緊急召開的，也把操盤手誤認為藤田教授，對吧？所以我才判斷他頂多就是把小原祭出來罷了。換言之，田口教授根本沒有認知到事態的緊急性，如何？你有什麼要反駁的嗎？」

田口教授悶哼一聲，沉默下去。

「『DAMEPO』是『Defense America Metropolitan Encyclopedic Potential Organization』的簡稱，也就是美國國防部統括的研究機關『美國國防高等科學研究計畫局』。它的前身AMEPO（高等科學研究計畫局）是在冷戰當時的一九五八年，和NASA一同創設的。」

說到NASA，是平介叔叔以前任職的研究機關，感覺緣分匪淺。

「AMEPO開發出越南戰爭使用的落葉劑等化學武器。一九七二年，它在名稱前面加上『國防』一詞，成為現在的『DAMEPO』，但做的事情還是一樣，是軍事技術開發。有『DAMEPO』牽涉其中，提供一年一百億日圓的預算根本不算什麼。也就是說，他們很有可能想要利用『生命』來開發生物武器。」

一直默默在吃的痞子沼，把點心全部掃光之後抬頭說：

「大叔，你從剛才就落落長一大串，總而言之，我們要做什麼？」

「我是有點子，不過先來聽聽叫我大叔的小朋友的意見好了。」

「是我的話，就丟顆炸彈到對方懷裡。派我爺爺和爸爸去NASA，跟薰的爸爸策劃作戰計畫好了，因為薰的爸爸如果沒有棋子可以使喚，也無能為力啊。」

「我沒想到這一招，這個點子也符合美國精神的核心，基督教思想中的『被打一巴掌就打回去』。對了，小朋友，你的爺爺和爸爸是一騎當千的戰士嗎？」

「是不是戰士我不知道，不過他們是知名的發明家。他們開發了一台叫『深海五千號』的潛水艇，發現新種海鞘，還上過《厲害達爾文》。」

「是喔？」白鳥先生沒什麼特別的反應，看來他不是《厲害達爾文》的粉絲。

「這麼說來，隱形機伸一郎沒有新指示嗎？」

「關於這件事，自從那場風波以後，隔天開始我就再也沒有收到爸爸每天都會寄給我的信了。」

在眾人矚目之中，我這麼回答，結果現場空氣瞬間凍結。

「那麼，小朋友的戰略從根本就崩潰了呢，既然如此，還是會演變成全面戰爭。『敵人』是扎根在各處的『組織』，非常棘手，自私自利的美國總統和他的跟班，再加上只知道拍美國總統馬屁，而淪為全世界笑柄的嘴皮子日本首相，真是糟糕透頂，完全是『輕浮沒神經自我中心的人橫行於世』狀態。」

聽到這話，我想起《超人巴克斯》留名青史的一集，第二季最後一集的〈史上最遜的戰鬥〉。最強最可怕的敵人、傳說中的怪物——妖獸巴剛實在太強了，立刻就會摧毀周邊所有的一切，導致牠徹底破壞了自身方圓一公里以內的事物，只剩下自滅一途，可是牠和苔怪人摩斯摩斯演變成共生關係，化身毀滅地球的災禍，大致是這樣的劇情。那個時候，巴克斯是如何消滅妖怪巴剛的呢……？

我明明是鐵粉，卻似乎老是忘記最重要的橋段，不，或許因為是鐵粉才會這樣。白鳥先生沒發現我內心的糾葛，滔滔不絕地說下去：

「這樣一對天兵搭檔，要是和橫行於世的『組織』合體，就算地方大學的校長和公立國中的好兄弟三人檔合力，也不可能打得過吧。」

越聽越覺得絕望，可是白鳥先生儘管說得很嚴重，卻又在那裡悠哉打諢，聽著讓人忍不住傻眼，反而萌生出勇氣來了，真是奇妙。

我心想這或許就是一個人的魅力吧，但又覺得再也沒有人比白鳥先生更不適合「魅力」這兩個字，吃吃笑了起來。或許白鳥先生就像是大阪的比利肯神像或福神，即使身陷危機，仍能為人們帶來笑容與餘裕。不過就算撕破我的嘴，我也不會說出心裡這番想法。結果這場臨時會議，沒有為往後定下任何方針。

第4章

6月6日（二）

患難見真情。

開完臨時祕密會議回家後，我再讀了一次美智子的業務日誌。

難怪美智子的爸爸會稱它是「業務日誌＋育兒日記」，其中充滿了美智子對「生命」的愛。育兒日記從「生命」誕生的隔天開始記錄。

・四月二十一日（五）晴

昨天晚上，蛋孵化了。畢業旅行回程的新幹線裡，佐佐木學長傳ＬＩＮＥ通知蛋可能快破了，我們立刻趕往祕密基地。接著先回家一趟，取得父母的同意。我們在祕密基地觀察，感覺半夜就會孵化，所以前往洞穴，結果已經出生了。嬰兒一孵出來就大聲哭泣，把我們嚇了一跳，可是非常可愛。我把嬰兒取名叫「生命」。生命比我還要再高一些。一出生就比媽媽還要大，真是個神氣寶寶，不過他真是可愛極了。

用平沼爺爺發明的「滾滾眼鏡君」拍下來的影像全都不能用了。佐佐木學長說是他的疏失，但我覺得其實是生命不希望自己出生時的紀錄留下來，所以把影像消除了。

為了照顧嬰兒，東城大學小兒科的如月護理長三更半夜開著豐田陸地巡洋艦趕來。她把我們批得很慘，說在祕密基地照顧生命的計畫根本不可行。佐佐木學長好像很習慣被翔子阿姨嘮叨了，真奇妙。

天亮的時候，生命又哇哇大哭，我們餵了他開水和奶粉，他就不哭了。

「已經會坐了！」翔子阿姨非常驚訝。

這麼說來，我不記得生命出生的正確時間。那是四月二十日的半夜，或許已經是四月二十一日了。我不希望以後為這件事爭執，所以把生命的生日定在四月二十日晚上十一點半好了。

我們決定將生命安置在橘色新館照顧。他看到戶外天光哇哇大哭，但我為他唱搖籃曲，拍他的背，他就停止哭泣了。翔子阿姨借來小卡車，把生命搬到貨斗上。他的體重是三十二公斤，身高約一五〇公分。

橘色新館三樓的房間沒什麼擺設，但很適合讓生命在這裡自在生活。

生命全身光溜溜的，我替他蓋上被單，但馬上就被他用手撥掉了。

晚上六點，會面時間結束後，我回家了。雖然我覺得世上不會有哪個母親拋下自己的孩子，但就算我要求留下來，也不會獲得允許。

幸好今天是畢業旅行的補假，而且明天是星期六，一早就可以去橘色新館，真開心。

我決定從今天開始寫日記，也是因為我認為幫生命留下紀錄，是母親的職責。可是我有點累了，雖然才九點，但我要去睡了。

・四月二十二日（六）陰

我比平常的假日更早起，媽媽嚇了一跳。

「好久沒看妳吃早餐了，是去畢業旅行以後，食欲大開了嗎？」媽媽還是老樣子，搞錯重點，看起來一點都不像在國際律師的道路上和爸爸彼此砥礪的人。

不過仔細想想，爸爸也是個大怪胎，或許他們意外地是相當登對的一對夫妻。

早上九點，如月護理長說「有家人照顧陪伴他，生命真是幸福」，我開心極了，連忙上去三樓。不過三樓是平常沒有人使用的倉庫，所以必須偷偷溜進去。生命含著拇指睡得好香。值班的赤木護理師給我看了照護日誌，幾點餵開水、幾點睡覺，全部都記錄下來了。我也想要正確地留下日記，但又覺得反正不會長久，所以打消了念頭，決定以媽媽的身分，用不同的寫法來寫。一會兒後，生命醒來，接著坐了起來。赤木護理師說：「出生第二天就會坐，真是超級嬰兒。」

聽到有人稱讚生命，我很開心。雖然得幫他做衣服，可是他長得太快，感覺一下子就不能穿了，赤木護理師說她會去找如月護理長討論。我餵了他早上的奶，抱著比我還大的嬰兒餵奶，感覺好奇妙。

九點過後，三田村替生命量完身高之後去補習了。下午薰和平沼過來，他們並不會幫忙做什麼，但我不覺得生氣。因為媽媽到現在都還會埋怨，說我出生的時候，爸爸什麼忙都沒幫。當爸爸的都是這樣嗎？

•四月二十三日（日）雨

雨天通常都讓人憂鬱，但我要去探望生命，所以這是愉快的好天氣。媽媽幫我做了便當，我也想幫生命做便當，可是他只喝奶粉，什麼都不能幫他做。早上去看他的時候，他正在吃草莓。值班的若月護理長說她靈機一動，拿草莓餵生命，沒想到生命大吃特吃，嚇了她一跳。「更讓人驚訝的是，他已經會爬了，一般都要出生半年才會爬呢。」若月護理長說。

三田村早上九點過來，測量生命的身體各部位，然後回去了。

三田村就像個研究人員，但他並沒有把生命當成實驗動物。我不希望生命被研究，但如果是三田村來研究，我沒有意見。上午薰來了，平沼沒來。「痞子沼說蛋孵化之前，他巡視了我們兩倍的時間，所以接下來交給我們。」薰居然同意平沼這樣的藉口，真是個不合格的領袖。可是薰為了照顧生命，連星期天都過來，所以我應該直接向平沼抗議才對。平沼這個人感覺難以溝通，以前在佛羅里達的時候，我們也沒怎麼聊過。

薰把媽媽做的便當吃掉了，如果是做給生命的便當，我會生氣，但那是我的午餐，所以原諒他好了。他邊吃邊說好吃，媽媽聽了也會開心吧。

若月護理長很介意生命沒有肛門這件事。「一般的話，會視為先天異常，但這孩子本來就不尋常，而且他看起來也沒有不舒服的樣子，所以無所謂嗎？雖然不必擔心尿布問題，省了很多麻煩啦。」若月護理長覺得如果生命看起來都很好，或許不必在乎這個問題，我也完全贊成她的看法。

・四月二十四日（一）陰

憂鬱星期一，第一次覺得上學這麼讓人提不起勁。我搭上平常那班公車，薰也上車了，薰完全沒察覺我的不悅。我上課心不在焉，但沒有被老師點名，畢業旅行的自由活動分組報告也都收齊了，我鬆了一口氣。薰在期限前完成了國立科學博物館的報告，真是奇蹟。他說：「我本來在看《厲害達爾文》，出現非洲猿猴，忽然想到報告還沒寫。」難怪他的報告內容都集中在類人猿。

三田村不愧是醫學迷，報告寫得很專業。他好像對帝華大學醫學院清川教授的接待相當感動，清川教授是婦產科教授，所以G組可以說和婦產科關係匪淺。幸好沒叫平沼負責寫報告。若是平常的我，只是遲繳報告應該也不會生氣，但今天很難說。要是讓平沼寫參觀國立科學博物館的報告，然後他只寫了一行「傻瓜海鞘很有趣」，我可能會發飆。

情緒不穩定，是產後憂鬱症嗎？一放學我就衝出教室，趕著去見生命，結果公車在我面前跑掉了。我跟後來的薰坐同一班，薰像個老頭子似地說什麼「人生著急也沒用啊」，真是氣死人。

可是一看到生命，這些不悅也一口氣飛到九霄雲外去了。三田村一早就來看過生命了，這也令人開心。昨天我說他很像研究人員，但三個男生裡面，或許三田村會是最稱職的爸爸，真意外。三田村的觀察日記和護理師的照護日記放在一起，所以我讀了一下，三田村好像瞞著我餵食生命各種食物。生命只攝取水分和水果，就算餵他吃魚肉或其他肉類，也會呸一聲吐出來，穀物也不吃。三田村推測可能是因為不排便，所以不攝取固形物，但我覺得這是倒果為因。

生命一看到我，就筆直朝我爬過來。我摸摸他的頭，他發出「叭噗」的聲音並微笑。生命的笑容只有我看過，其實我應該向護理師報告，但我沒有說，這是只屬於我一個人的祕密，當然也沒有告訴薰。放學後去探望生命，雖然只能看到一下子，但看到了他的笑容，所以今天是個好日子。

・四月二十五日（二）雨

下雨天令人憂鬱，但只要見到生命，就能忘懷低落的情緒。今天我去三樓時，生命已經在走路了，真是太令人驚奇了。之前平沼看到生命出生的隔天就會坐，說「長頸鹿和小鹿一出生就會走路」，但怎麼能把生命跟草原上的野生動物相提並論呢？

不過看到生命出生不久就走來走去的模樣，平沼的話也令人信服。曾根崎團隊雖然不可靠，但佐佐木學長很可靠。聽說他已經從高中畢業，四月開始成為東城大學醫學院的醫學生了。翔子阿姨說他本來就是跳級生，所以一入學就是四年級生，白天都在校園，一有事就會立刻趕來。「敦雖然那副德行，但需要他的時候，他都會來幫忙，真是了不起。」翔子阿姨這麼說，這評語太過分了，我覺得佐佐木學長應該要反駁她，但他絕對不會違抗翔子阿姨，很奇妙。

接下來我稍微跳著讀。星期三的日記也是這個調調，但對於「生命」的描述越來越平淡了，也許美智子也習慣「生命」破格的成長速度了。

連假前的星期四，日記的分量變多了，那天的事我歷歷在目。

・四月二十七日（四）晴

一早就有不好的預感。放學後我立刻要趕去看生命，其他人也說要一起去。因為平沼拖拖拉拉，錯過了平常那班公車，平日可以見到生命的時間就已經夠短了，而且櫻宮十字路口還發生車禍，造成塞車。明明櫻宮這地方，只有過年時的櫻宮神社前面會塞車而已。

去到橘色新館一看，一個叫赤木醫生的人開始大肆批判，他給人的感覺很差，叫薰「曾自然」，叫佐佐木學長什麼「救援手佐佐木」。赤木醫生是赤木護理師的哥哥，他們兩個居然是兄妹，簡直是美女與野獸。可是就算對方是自己的哥哥，把祕密洩漏出去，還是太過分了。我一直以為赤木護理師是「好人」，現在才發現「好人」其實是「對誰都好的人」，遇到狀況，就會輕易洩漏祕密，真令人失望。赤木醫生看到生命，說「這是《自然》級的大發現」，我無法接受，反駁說「我絕對不會讓這孩子變成實驗材料」。

可是赤木醫生說能住在橘色新館的只有病患，或是對醫學研究有貢獻的實驗動物，我無可反駁。

結果翔子阿姨找來了田口教授，這位教授說會正式向醫院管理會議報告，赤木醫生只好悻悻離去。

我正暗自慶幸，但翔子阿姨好像其實並沒有正式拜託田口教授，大家一起去校長室找校長討論。大學裡最大的就是校長，薰以前好像見過他，他的態度很隨和。可是我們正在和校長討論，赤木醫生帶著他的上司教授闖進來了。我以為陷入了窮途末路，這時校長說要親眼看看「生命」再做決定，所以我們又折回橘色新館。生命看到這麼多人，揮動手腳哇哇大哭，但我為他唱搖籃曲，拍他的背，他一下子就不哭了。

校長說「如果要做研究，必須先找負責學術倫理的老師討論」，赤木醫生露出非常不樂意的表情。校長問我是否同意不傷害身體的研究，我說如果不會傷害生命，我可以忍受。結果赤木醫生也說他可以妥協，校長叫我們握手言和，要我和赤木醫生握手。我才不想跟他握手，但情非得已，還是握了。接下來，校長說這是為期兩個月的臨時處置，命令赤木醫生要在這段期間內完成論文。赤木醫生說只要有三田村的觀察日記，論文一定立刻就可以登上《自然》，三田村聽了歡天喜地。他對薰說這是一雪前恥的機會，但薰本人似乎還在狀況外。

讀到美智子的育兒日記，我回想起當時的騷動。黃金週連假期間，美智子的育兒日記分量增加，我跳著讀過去。五月二日，「生命」的身高超過兩公尺時，美智子還悠閒地寫說得替他過端午節[3]。

日記的筆調越來越激動，終於在五月三日抵達了巔峰。

・五月三日（三）大晴天

薰說理惠醫生和妖精女要去他家，早上沒有來露臉；接著三田村過來，寫了觀察日記後回去了；平沼不知不覺間不見人影。中午左右，佐佐木學長過來，和我打招呼，只有佐佐木學長是我的心靈綠洲。下午，田口教授和高階校長來了，他們兩個總是同進同出，感情很好。他們說接下來要召開臨時會議，曾根崎同學一到就開始。我正在幫生命擦身體，這時薰帶了理惠醫生和妖精女過來，嚇了我

3. 譯註：日本的端午節在五月五日，和兒童節同一天，因此也會在這天為男孩慶祝成長。

一跳。我以為他和赤木護理師一樣洩漏了祕密，覺得很生氣，但聽說要求召開緊急會議的是薰爸爸，他希望理惠醫生也出席，所以無可奈何。

但那樣的話，妖精女根本是局外人，礙手礙腳，厚臉皮，我真的差點就要爆炸了。

會議決定一星期後要正式公開生命的存在，赤木醫生說為了公開記者會，他想要更進一步研究，我抗議這跟說好的不一樣。可是赤木醫生威脅我說，現在的研究標準是依據國際通則，不會優先考慮國內做法，賣弄了一堆專業術語。雖然每一個字都聽得懂，我卻無法理解赤木醫生這番話的內容，因此無法反駁，結果妖精女替我辯駁了。多虧了她，化解了生命的危機。妖精女提議可以在被單開洞做成斗篷給生命穿，我有種茅塞頓開的感覺。

她兩次解救了生命的困境，所以我雖然討厭她，還是感謝她好了。

讀到這一段，我希望美智子和忍可以成為好朋友。

五月十一日星期四，東城大學醫學院高層舉行「生命」官方記者會，自衛隊突擊部隊發動了「生命」搶奪作戰。這天的日記是空白的，應該是無暇寫什麼日記吧。所以雖然很想知道當時美智子是什麼想法，但已經無從得知了。隔天的五月十二日星期五，日記又開始了，是我、三田村和痞子沼三個人非法入侵未來醫學探索中心的日子。那天佐佐木學長告訴我們，美智子過了晚上六點都還在「生命」所在的「心房」。

・五月十二日（五）晴

我和文科省的小原女士簽下了業務委託合約，從今以後，照顧生命並記錄他的狀況，成了我的工作。小原女士警告我，不能向外界人士洩漏情報。

早上八點有車子來接我。從今天開始，我的身分似乎變成了國中生國家公務員。我不是要跟薰較勁，但我走在國中醫學生前面了。

八點半開始上班，錄下我對生命說話時他的反應。十點，抽血。昨天第一次抽血時，生命哇哇大哭，但今天沒有哭。

雖然不願意生命被研究，但這點程度的檢查，或許往後仍必須接受才行。

十一點吃午飯，生命吃了五顆奇異果。我把奇異果切半，用湯匙舀果肉給他，吃第一口的時候他皺起眉頭，但很快就吃光了，好像很喜歡。

下午一點到四點是自由時間，我一離開生命就哭，所以一直陪著他。

不去上學，一整天陪伴生命，是我自己希望這麼做的。我的心情動搖起來，覺得若是這樣，協助「心計畫」或許也不錯。

下午五點，赤木醫生來做了心電圖和超音波攝影，卻不肯告訴我結果。

「體型大成這樣，沒有可以檢驗的機器，所以不能做CT（電腦斷層掃描）或MRI（磁振造影）。因為愣頭校長做出的裁定限制，之前都沒做任何檢查，真教人後悔莫及。那時候的話，還有辦法做CT和MRI的說。」赤木醫生抱怨不休。赤木醫生在統整資料的時候，我陪生命玩耍，他們說陪玩也是不折不扣的工作，多美好的工作啊！沒多久，生命就蜷起身體睡著了。

我請他們讓我看監視器的錄影，生命在夜裡睡得很熟，所以只要讓他睡著就沒事了。

晚上八點，和小原女士、佐佐木學長、赤木醫生一起在未來醫學探索中心吃晚飯，這是從昨天開始的。聽說他們聘請了法國的一星餐廳大廚，餐點非常美味，小原女士說「預算很多，這點奢侈不算過分」。

佐佐木學長在這座塔從事別的研究，不會去生命所在的建築物，所以小原女士說要每天一起用餐一次，交流資訊。

小原女士每天穿的衣服都不一樣，但身上一定都有紅色的元素，有些日子是紅色領巾。雖然很極端，但很適合她，或許也不錯吧。

赤木醫生告訴我，佐佐木學長的研究主題是「視網膜母細胞瘤的化療藥物開發」及「心神喪失的突觸恢復」，據說赤木醫生是這兩個領域的專家。

晚上十點坐車回家，洗澡寫日記，十二點入睡。

這份「業務日誌＋育兒日記」在六月三日結束，我在美智子家拿到她爸爸給我的日記，是六月四日的事，因此前一天的日記當然會是最後一篇。

可是我真想看星期天的日記，了解一下美智子對我的拜訪作何感想。

・六月三日（六）陰

進入梅雨季了，真鬱悶。早上八點半抵達工作的地方，和生命玩耍。他開始牙牙學語，和他說話很快樂，他第一個說出來的字是「媽媽」，我覺得好驕傲。我自己的媽媽也是一樣的嗎？我說出來的第一個字也是「媽媽」嗎？我好奇起許多事來。生命的身高現在來到二九五公分，體重兩百公斤。現在已經不可能抱他了，可是生命還是一樣，會靠向我撒嬌，要是一個不小心，我會有生命危險。生命受到生命的威脅——我想到就連對薰也不能說的冷笑話，咯咯笑起來。

在心房裡除了生命，沒有其他說話的對象。照顧他的護理師是早晚兩班，最近我總算記住她們的長相和名字了。白班二天、晚班二天、休息二天，如此規律輪替，白天有兩人，晚上有一人照顧生命。聽說生命只要睡著，中間都不會醒來，所以晚班一個人就行了。值勤中的護理師都面無表情，不會聊天。我心想，如果是像翔子阿姨那樣的護理長就好了，想到之前小原女士想要挖角翔子阿姨，卻遭到拒絕，真遺憾。

比起和我相處的時間，生命待在赤木醫生研究室的時間更長了。我偷偷查看，生命坐在一張大椅子上，頭上戴著就像美容院燙頭髮用的機器。那應該是在做實驗，但生命沒有大哭，所以應該不痛，我克制自己。

晚餐時間，我問那是在做什麼，小原女士用餐巾拭去樹莓醬，說「跟她說沒關係」，於是赤木醫生向我說明：

「我在測量『心』的腦波，那是最新款的頂尖機器，一測就可以知道視覺皮層、聽覺皮層、思考皮層、語言運動皮層的哪個部分被激發。」我聽得一頭霧水，愣在那裡，佐佐木學長伸出援手說：「進藤同學比薰聰明，理解得也快，但完全不解釋，就直接說專業領域的內容，人家也不可能懂。」「我又犯了老毛病。國中生公務員第一號的進藤同學很能幹，我不小心就忘了她還是國中生。」赤木醫生再解釋：「簡而言之，就是能忠實重現心中思考的機器。」

「生命還只是個嬰兒，就算對他做這種檢查，也看不出什麼吧？」我問，小原女士訂正：「不是『生命』，是『心』。」所以我又重新問了一遍，赤木醫生說：「重要的是了解那麼特殊的生物在想些什麼，可是『心』沒有意志，或者說感情這類像是『心』的東西，我正覺得煩惱呢。」

不可能，生命對我的話有反應，我對他說話，他就會笑。我這麼反駁，小原女士又說：「就跟妳說他不是『生命』，是『心』。」

「心」沒有「心」，這不是太奇怪了嗎？我說，小原女士說：「這孩子怎麼這麼囉唆？在嬰幼兒發展心理學裡，也認為喃語『媽媽』就是『MANMA』，也就是『飯』的意思，而且兩個月大的時候，睡覺時露出的笑容叫『生理性微笑』，所以就算會叫媽媽，會微笑，也不一定有『心』。」

可是，生命一定有心！我焦急地說，赤木醫生說：「我想到一個好主意，腦波檢查的時候，請進藤同學一起在場吧。如果出現不同的反應，就證明了『心』

有『心』。雖然明天是星期天，不過請妳過來幫忙吧。」

小原女士說：「這違反勞基法……」隨即喃喃道：「早就超出那種規範了，事到如今說這些也沒意義呢。」然後又說：「確實是個好主意。我臨時接到通知，說一個月後『DAMEPO』的高層要來視察，得在那之前交出成果，否則就糟了。」她喃喃之後，突然轉為討好的語氣說：「進藤同學，妳可以協助赤木醫生嗎？」

我不太願意犧牲一週一天的休假，但這是為了生命，沒辦法，所以我說好。證明生命有「心」是很重要的，如果大家認為生命沒有心，他就會被當成實驗動物。所以明天我也得去上班，媽媽去外地出差，我跟媽媽說會照顧好家事白痴的爸爸，但遇上這樣的狀況，也只能請爸爸自立自強了。

十點回家，洗澡後十一點就寢。

在我不知道的地方，美智子一個人為了「生命」而奮戰。一想到這裡，總覺得心痛不已。

可是讀到美智子的日記，我直覺如此不自然的狀態不可能長久維持下去。

不幸的是，我的直覺完全命中了。

第5章

7月10日（一）

偶然、必然、命運、宿命，

只有一線之隔。

不知不覺間進入七月了，溼悶的梅雨持續著，期末考也開始了，令人憂鬱。

但是在櫻宮中學三年B班，期末考之前接到了一個驚天動地的消息。

「休學近兩個月的進藤同學從明天開始復學了，真是太好了。」

田中老師告訴大家這個消息，再三說「太好了、太好了」，最開心的就是老師自己。一直以來，三年B班都在美智子的協助下才能平平順順，所以大家都很擔心美智子休學會導致班務出問題，發生大紕漏。聽到這個消息，每個人都很開心，但我知道美智子身為國中生公務員的業務，因此無法打從心底高興。結果田中老師接著說：

「可是大家不可以像以前那樣事事依賴進藤同學喔，進藤同學只有上午來上課，下午會像先前那樣繼續幫忙文部科學省的工作。」

田中老師看著我說。我苦笑，老師一點自覺都沒有呢。

知道美智子只回來一半的時間，擔心也減半了，不過這果然不是好徵兆。

小原女士會接納美智子的意見，是因為能夠控制「生命」的就只有美智子。

而他們願意放美智子一半自由，是不是表示不必依靠美智子，他們已經能控制「生命」了？這麼一來，往後「生命」身邊就沒有真心保護他的人了。我心想或許應該向白鳥先生報告，召開臨時祕密會議，但又轉念覺得明天再說好了，因為直接和美智子談過之後再報告，當然比較好。

隔天早上，我乘上公車，坐在最後排的美智子看到我，便挪開書包，把旁邊的座位讓給我。「好久不見。」我在旁邊坐下來說，美智子回應：「是啊。」

「妳可以復學了嗎？」

「為什麼這麼問？意思是我最好不要回去班上？」

「幹麼這麼嗆啦？大家當然都希望妳回來啊。」

美智子低下頭，捏緊了手中的手帕，一滴淚水落在手背上。

「幹、幹麼？妳怎麼了？」我左右張望小聲問。

這樣豈不是好像我把她弄哭的嗎？美智子吸著鼻涕說：

「薰，拜託，救救『生命』！」

我茫然地看著彷彿突然小了一號的美智子。

人緣極佳的班長回歸，班上充滿了歡樂的氣氛。美智子滿面笑容，圓滑地接受大家熱情的歡迎，但她情緒不穩定，讓人看了內心七上八下。

「好了好了，班長進藤大師處理國家的工作很辛苦，我們這些國中生就不要一直問東問西了。下課時間再慢慢聊吧！」

雖然情非得已，但我出面指揮交通，平常一定會吹著口哨調侃「好恩愛啊小倆口」的痞子沼似乎也察覺了什麼，沒有來鬧場。鐘聲響了，田中老師進教室，大家都坐下來了。美智子經過我旁邊時，小聲說了「謝謝」。

不過我的體貼是白費工夫，因為田中老師在班會盛大慶祝美智子的復學。中午吃完營養午餐後，美智子就開始收拾東西準備回家。

這丫頭自在地融入班上，即使收拾東西要回家，也完全不顯得突兀。

「妳已經要回去了？」我問，美智子點點頭：

「車子一點會來接我，我會在『心房』工作到傍晚，和他們吃完晚飯後，再坐車回家。」

「那沒空好好聊了呢。」

「赤木醫生忙著準備要向上頭發表的研究成果，所以把『生命』的實驗放在第一優先。期末考期間我都放假，到時候隨時都可以見面。」

「那明天下午，我們在祕密基地集合吧。明天是星期六，沒問題吧？」

美智子點點頭，走出教室。

七月八日，星期六，我們在平沼製作所後方岩山的祕密基地集合。我抵達的時候，痞子沼和三田村已經到了。

我在沙發坐下，這時門發出聲響打開來，穿著藍色洋裝的美智子走了進來。

三田村對美智子漂亮的打扮看得發痴，旁邊的痞子沼奚落地說：

「幹麼啊，進藤，穿得花枝招展的。」

「這是障眼法，打扮得漂漂亮亮，大人就不會以為我是來找你們的。」

「妳被監視了？」我擔心地問。

「應該沒有，監視國中生也沒有意義。」

「既然這樣，障眼法也沒意義了嘛。」痞子沼吐槽。

「囉唆啦，人家偶爾想打扮一下不行嗎？」

「不，一點問題都沒有。」三田村立刻出聲掩護，痞子沼閉嘴了。

「別管那些了，慶祝進藤美智子同學回歸曾根崎團隊，來乾杯吧！」

我說，痞子沼從冰箱取出運動飲料瓶丟過來。

「咳，那麼，為特地打扮的進藤同學，人要衣裝佛要金裝表達敬意，乾杯！」

痞子沼不改作風，非要多嘴一句不可。

「總覺得許多事一口氣動了起來，或許都是我一時犯蠢害的……」美智子說了起來。

「犯蠢？妳幹了什麼？」我問。

「每天傍晚，我們都在未來醫學探索中心一起吃晚飯，三天前我先過去那裡，去了地下室，發現某個沒有人的角落發出微光。因為很像發現『生命』的蛋那時候的光，所以我靠過去，結果發現那裡有個水槽，蓋著白布。我對天發誓，那個時候我沒有碰，白布卻自己掉了下來，我看到裡面了。你們猜，水槽裡面裝著什麼？」

「巨骨舌魚嗎？」《厲害達爾文》忠實觀眾的痞子沼立刻說。

「只是水槽裡面有熱帶魚，我會這樣大驚小怪嗎？」

美智子真心動怒，接著遲疑了一下，立下決心說：

「裡面躺著一個很美的女人。」

「水槽裡面？難道是經過處理的屍體？」我問。

「不是屍體，我對那個長頭髮的漂亮女人看得出神，結果有人出聲吼我『妳在做什麼』！回頭一看，佐佐木學長表情猙獰地站在那裡，說『晚飯好了，上去』！我想問那個女人是誰，被他搶先警告說『妳偷看別人家，別想再問什麼問題』，所以我什麼話都問不出口。」

我明白佐佐木學長交代我「絕對不准偷看」的理由了。美智子接著說：

「那天晚餐，小原女士問佐佐木學長冰人的分析狀況如何，學長說資料已經輸入完畢了，小原女士聽了非常興奮。」

我腦中浮現之前在二樓深處房間看到的白色日式工作服男子。

「小原女士很開心，說這下就可以向『DAMEPO』報告了。『身體完美無缺，腦袋是嬰兒，心智是空的，我們得替它補足才行。』小原女士這麼說，但佐佐木學長看起來不怎麼開心。然後車子就來接我了，所以我不曉得後來怎麼了。隔天我過去的時候，他們說從今以後，我只要去半天就行了。果然是因為我偷看，害佐佐木學長生氣了嗎？」

「不對，妳的勤務會減少成半天，是因為計畫進入新階段了，從這個意義來說，我覺得這是危險的徵兆。先減少為半天，如果他們沒有妳也搞得定，就一天三小時、兩小時、一小時這樣，逐步減少，最後把妳開除。」我說。

「那我該怎麼辦才好？」

「小孩從母親身邊斷奶，是大自然的道理，沒辦法的事。」《厲害達爾文》忠實觀眾、同時也熟悉野生動物生存法則的痞子沼毫不留情。

「我也持相同的意見，可是這樣一來，我們就再也接觸不到『生命』了。我不想把『生命』交給完全不關心他的人，所以說到該怎麼辦……」

「該怎麼辦？」三田村重複我的語尾，嚥了口口水。

「我也不知道該怎麼辦，那就召開緊急祕密會議討論，召喚白鳥先生吧！幸好期末考期間，美智子也拿到一星期的溫書假，可以參加會議。」

「是啊，那個大叔之前那樣誇下海口，卻沒提出任何好主意，差不多該叫他展現一下實力了。」痞子沼說。這時我對三田村說：

「三田村，你不用參加沒關係，曾根崎團隊的成員都是不受考試影響的人。我是國中醫學生，已經確定會進醫學院，痞子沼以後要繼承平沼製作所，美智子不知不覺間變成國中生公務員了。可是你將來要考醫學院，國三暑假是考高中的關鍵，你最好專心念書。」

我在忍的家稍微體會到醫生世家繼承人的壓力，差點就要頂不住，心想三田村從出生就一直承受著這樣的壓力，一定很辛苦，所以這麼說。

沒想到三田村生氣地說：「為什麼現在才要排擠我？」

「如果你想得到櫻宮學園高中部的推薦，期末考的成績很重要吧？」

「你說的沒錯，可是現在對『生命』來說，是生死關頭。要是在這種節骨眼拋棄『生命』，只顧著自己埋頭苦讀，就算進了醫學院，我也不會開心。」

美智子聽到這話，一把抱住了三田村。三田村立正不動，全身僵硬。

「三田村同學，謝謝你！我要替『生命』向你道謝。可是這等於是拿你的未來在下賭注，光是道謝一點都不足夠。」

美智子，別擔心，對三田村來說，這可是最棒的獎勵。

接著我傳訊息給田口教授，立刻收到回覆了。

就這樣，我們決定在後天星期一下午，召開第三次緊急祕密會議。

七月十日，星期一，第一學期的期末考第一天，上午考三個科目。

曾根崎團隊結束第一天的考試後，搭上前往東城大學醫學院的公車。

「美智子，妳考得怎麼樣？」「數學不行。」「三田村呢？」「英文感覺會很慘。」「痞子沼……不用問了吧。」「喂！」

很快地，公車抵達在山頂的終點大學醫院站，我們前往舊醫院大樓三樓的校長室。不知不覺間，校長室變成了我們熟悉的地方，痞子沼甚至找到了存放茶點的地方，擅自大快朵頤起來，美智子傻眼地看著我們這副模樣。

「你們好像很常來這裡呢。」

「沒有，只來過兩三次而已。」我回答的時候，房門打開，首先是高階校長和田口教授，接著是身穿鮮豔三原色西裝的白鳥先生，三人一邊爭論一邊走了進來。

「東城大學的高層是不是把危機意識丟在電車行李架上，忘了帶下車？尤其是沼田老師，跟十年前完全一樣。『生命』會被文科省搶走，也是因為沼田老師堅持那食古不化的倫理程序，卻一點自覺都沒有，真教人目瞪口呆。」

「別看他這樣，已經比以前像話，至少願意聽人說話了，請對他寬容一些吧。」

「這話已經說了超過十年了吧？想想這段期間東城大學停滯了多少，絕對不可能寬容好嗎？」白鳥先生說到這裡，終於發現校長室沙發上坐著四名國中生，收起指責的矛頭。

「噯，東城大學的高層整整慢了三拍，這要是在跳華爾滋，就等於感覺不到自己整整慢了一輪嘛。從這個意義上來看，這些孩子更了不起，就算一樣慢，也只慢了一拍。」

我一陣不爽，還沒報告就先被一口咬定慢拍，實在教人難堪。

高階校長打圓場說：「好啦好啦，你們特地過來，用個茶點……呃，已經自己吃起來啦，年輕人霸氣十足，很好、很好。」

高階校長以大人的風度包容痞子沼的無禮，在自己的辦公桌坐下。四人座沙發坐著曾根崎團隊的成員，兩旁的單人沙發則坐著田口教授和白鳥先生。

「請說明要緊急討論的事項吧。」田口教授說，我站了起來：

「文科省的計畫出現了變化，進藤同學會詳細向大家說明。」

聽完美智子的說明，交抱著手臂的白鳥先生說：

「這確實值得召開緊急祕密會議。可是進藤同學星期五有去上學，所以曾根崎同學是在星期五知道這件事的吧？那麼我剛才稱讚你慢了一拍，似乎有必要扣分變兩拍。不過還是比東城大學的高層會議像話多了。」

稱讚縮水意外地讓人打擊很大。

「沒辦法啊，我們正在期末考。」美智子替我辯解。

白鳥先生苦笑說：「好吧，只是『a little late』（有點遲）而不是『too late』（太遲），算是還有救吧。那麼，你們覺得接下來該怎麼做？」

「呃，就是想知道接下來該怎麼做，才會召開這場會議……」

鍋鏟整支被丟回來，我一陣沮喪，一旁的痞子沼開口：

「這不是跟上次一樣了嗎？今天我們想先聽聽大叔怎麼說。」

「有道理，那麼這次就先秀出我的點子吧。一個月前拿到的進藤同學的業務日誌，讓我得到了反擊的靈感。」

「請等一下，你怎麼會有我的日誌？」

「是曾根崎同學託付給我的。」

「開什麼玩笑，我可是跟文科省簽了約，有嚴格的保密義務。薰，這是怎麼回事？」

「啊，不是，呃，就是那個……」

「我知道了，是我爸給你的吧？難不成你讀了？」

「我只是受妳爸爸委託，把它交給白鳥先生而已。」

我心驚肉跳地撒謊。白鳥先生出手相救：

「我可以斷定，曾根崎同學應該沒有讀妳的業務日誌。要是他讀過，不可能還這樣反應慢兩拍，對吧，曾根崎同學？」

我不住點頭，緊緊抓住了扔到大海上的救生圈。可是這也等於是承認我無能耶？想到這裡，我又一陣沮喪。不過比起遭到美智子無情猛攻，還是好多了。

「所以，讓我繼續說明吧。我從進藤同學的業務日誌，看出他們的科學分析遇到了瓶頸。問題是我們並未掌握他們的計畫內容，為了填補這中間的空缺，我想到的是『特洛伊木馬』作戰。」

「作戰內容是什麼？」痞子沼提問。

「聽了可別嚇到，它的內容就是『文科省計畫搶奪大作戰』。」

「是要偷走別人的學術成就嗎？」我忍不住驚呼。

「不對，只是拿回你們的ＩＭＰ研究而已。啊，這樣的話，應該叫『奪還作戰』才行呢。這個計畫的骨幹呢，就是假裝為了謀求和平共存，提議合作研究，然後由東城大學取得實質上的主導權。」

「說得很容易，但真的做得到嗎？」田口教授問。

「就是認為做得到，我才會提議。以前我也說過，這次不發動全面戰爭，就沒有勝算，所以只要是能利用的東西，管它甲乙丙丁，就算是阿貓阿狗阿馬也要利用。所以我分析了業務日誌的內容，隔天──也就是距今一個月前，我已經對高階校長下達指令了。」

「簡直是超光速！那你下了什麼指令？」痞子沼探出上身問。

「我從業務日誌看出藤田教授已經被趕下計畫主持人的位置，計畫體制改為以赤木醫生為中心。抽血是為了送到其他研究室分析DNA，愛哭蟲敦的研究也在進行當中。可是繼任的主持人赤木醫生遇上了瓶頸，這個空檔就是咱們的好機會。小原雖然優秀，卻不懂人心，老是搞到被周圍排擠，自取滅亡。這次也演變成相同的狀況了，倒不如說，Scarlett！我要讓妳重蹈覆轍！」

開頭和結尾彼此乖離，文意支離破碎，白鳥先生好像真的生氣了。

「因為是要劫持計畫，所以才叫『特洛伊木馬』吧，但具體來說要怎麼做？」

痞子沼問道，白鳥先生得意地挺起胸膛。你是幼稚園小朋友嗎？

「我剛才說，只要是能利用的東西，管它甲乙丙丁、阿貓阿狗阿馬都要利用。啊，三方聯手的話，叫『特洛伊卡[4]木馬』比較正確嗎？赤木醫生想要做神經傳達和影像分析，但『生命』的體積過於巨大，無法用一般儀器做CT和MRI。這都是因為高階校長拖拖拉拉，拖延檢查，結果誤打誤撞，因禍得福，不過我們要在這裡轉換一下想法。也就是說，如果能提供可以對身高三公尺的巨型生物進行CT和MRI的機器，他們一定會一口咬上來。」

「就算你突然這樣提議，也不可能一下子就生出機器來啊。」田口教授說。

白鳥先生豎起食指，左右搖晃，發出「嗤嗤嗤」三聲。

「在這裡停止思考，或是繼續思考，就是凡人與天才的分水嶺。凡人田口教授認定這是不可能的事，而天才我則是為了實現這個點子，挖空心思。結果呢，傑克，這真是太神奇了！道路立刻出現在眼前。附帶一提，這條路其實田口教授

4. 譯註：特洛伊卡（troika）是俄國傳統的三頭馬車。

也知道喔，都給了這麼多提示還想不到，田口教授真是老糊塗呢。說到巨大影像診斷機器的開發，就只會想到一個人，那就是麻省醫學院的東堂老師啊！而且東堂老師是高階校長的朋友，欠東城大學一個大人情。所以只要高階校長開口拜託，他一定會一口答應。」

「但東堂教授好像反而認為是東城大學虧欠他。」高階校長說。

「簡而言之，這就是一種精神共同體，沒問題。」

不對吧？借錢的人和欠錢的人，怎麼可能一樣？

不過他說的命運共同體，我似乎可以理解。

高階校長嘆了一口氣：「確實，幸運女神對白鳥先生迅速的判斷露出微笑了。東堂教授正在進行巨大CT和MRI的開發，而且即將完成了。」

「不可能有這麼剛好的事吧？」我說，白鳥先生搖搖頭：

「俗話說青出於藍勝於藍，曾根崎家卻是『好竹出歹筍』呢。你不曉得嗎？偶然、必然、命運、宿命，只有一線之隔。」

不是歹竹出好筍才對嗎？還是龍生龍鳳生鳳？不小心糾結在這些思考，或許我已經中了白鳥病毒的侵害。不過莫名其妙的比喻，讓我忍不住噗嗤笑了出來。

「我就是預料到東堂老師一定可以迅速開發成功，才會拜託高階校長連繫。不過就算是東堂老師，開發機器也得花上不少時間。而且寄船運的話，穿越太平洋得花上一個月，我本來想說最快也得八月中旬才會到，沒想到連絡的隔天就用船運寄出來了。東堂老師再怎麼敏銳，也絕對不可能接到委託的隔天就完成新產品的開發，用船運寄出來。」

「那怎麼有辦法做到？」痞子沼提出理所當然的質疑。

「提示我都亮出來了，各位手上都有解謎的材料。但這樣還是不懂的話，也只好跪下來向我請教了，你們不惜付出這樣的代價，也想要知道答案嗎？」

痞子沼悶哼一聲，沉默不語了，他好像想不到答案。至於我，更是從一開始就放棄解謎了。

「噯，凡人絕對不可能解開這個謎題吧。那麼，我來公布答案吧！」

這時，美智子低喃了一聲：「我知道了，是薰的爸爸委託的。」

「Bravo！不愧是史上第一個國中生公務員。」

白鳥先生熱烈拍手，曾根崎團隊的成員也起立致敬。

「隱形機伸一郎在要求召開緊急會議的連假期間，就已經預測到兩個月後的狀況，委託東堂老師開發產品。所以上個月高階校長提出委託，隔天東堂老師就用船運把東西寄到日本，四天後貨品就會進入櫻宮港，簡直神乎其技。請東堂老師來到日本，掠奪文科省的計畫，就是『特洛伊木馬』作戰的全貌。這同時也是『白鳥＋東堂＋曾根崎』陣線的『特洛伊卡木馬』。此外，東堂老師會帶來隱形機伸一郎的訊息，所以也不必派曾根崎同學去麻省一趟，可以節省經費。」

我說不出話來。但痞子沼不愧是小霸王，立刻反駁：

「厲害的不是大叔，是薰的爸爸嘛！」

「唔，也可以這麼說，但沒有我居中安排，事情不可能如此迅速推動，所以說是我提出的作戰也沒有錯啊。」

根本強詞奪理——痞子沼咕噥地說，但沒有繼續反駁。

「我的『文科省計畫奪還作戰』即將實現，沒想到走到這一步，卻出現了嚴重的失誤。那就是愛哭蟲敦居然不肯合作，曾根崎教授打從心底信任敦，以前薰同學遇到危機時，也是靠著敦的幫助，才能化解危機，從這裡也可以看出敦值得信任。而且有傳聞說曾根崎教授參與了未來醫學探索中心的初期經營，可是敦現在的行動，不是受到曾根崎教授的指示，看起來像是效忠另一邊的計畫。端看敦的態度，『特洛伊木馬』，或說『特洛伊卡木馬』作戰，甚至有可能像黑白棋一樣，在最後一刻勝負翻轉，徹底翻盤。所以後天一早，高階校長請去羽田機場接預定抵達日本的東堂教授吧。接下來全員一起殺去那棟邪惡的組合屋，懂了嗎？」

聽到這行程，曾根崎團隊的成員悄悄放下心中一塊大石，因為後天下午的話，期末考已經結束了。

第6章

7月12日（三）

拋開一切的顧慮。

期末考結束，神清氣爽的七月十二日星期三下午，曾根崎團隊在東城大學的校長室集合了。田口教授請我們吃午飯，從景觀餐廳「滿天」叫了豬排丼外送。我平常都在那裡吃炸麵糊烏龍麵，豬排丼是第一次吃，非常多汁美味。

「東堂教授是個怎樣的人？」我問，田口教授說：「他就像個牛仔。」「他戴著牛仔帽，會丟繩圈拽倒猛牛嗎？」我半帶玩笑地反問，田口教授用一種語帶保留的口氣說：「差不多就是那種感覺。」

這時，門「砰」地一聲打開來，一名壯碩的男子進來了。男子穿著皮革背心，戴著牛仔帽，臉上是淡褐色墨鏡，蓄著鬍鬚，活脫就是個牛仔。

那個人掃視房間一圈，攤開雙手，大步走近田口教授。

「My boss，好久不見！再次見到 you，me 真是 happy ！」男子用夾雜著英語的古怪日文說。

田口教授被一把抱住，猛力拍肩，板起了孔臉：

「Ai中心已經沒了，我不是你的上司了。」

「哈哈哈！就算 organization（組織）被 destroy（破壞），me 的 mind 還是 never change，me 的 position（職位）是 Ai center 的 ultra supervisor（超級主管），me 的 heart 永遠 stop motion（停留）在 my boss 的 subordinate（屬下）。」

「這麼說來，以前你是那個頭銜沒錯呢。這次請你前來，是為了委託你解決在未來醫學探索中心進行的計畫。說巧不巧，它就建在那塊土地上。」

高階校長露出遙望的眼神說。原來這個人就是麻省醫學院的教授？看起來一點都不像爸爸的同事，而且又不是美國漫畫的主角，居然發出「哈哈哈」的笑聲。我正想著這些，東堂教授目不轉睛地看我說：

「Oh，這位 boy，這不是 me 在麻省大學的知己，伸一郎的 son，薰嗎？因為你 papa 的 order（指示），這兩個月 me 真是超 busy 的。之後你可要向你的 papa 報告說東堂幹得超棒的喔！」

東堂教授一把抱住我，巨大的手掌大力拍我的背。我只能一邊嗆咳，一邊回應「yes, sir」。

「好了，重逢的招呼也打過了，我們馬上去開會吧。」高階校長說。

東堂教授喃喃：「阿權還是老樣子，真急性子。」

他突然恢復日本人的口音，嚇了我一跳。難不成「阿權」是高階校長的綽號？我心目中高階校長優雅紳士的形象轟然崩坍了。

我們準備前往文科省小原女士管理的「心房」，正面提出協助研究，好像是要利用東堂教授用船運送來的新型ＭＲＩ機器進行影像研究。

我們分乘兩台計程車前往櫻宮海角，一號車載著東堂教授、高階校長和我三個人，二號車載著田口教授、美智子、三田村和痞子沼四個人。高階校長很不願意，但田口教授難得強勢地堅持說：「兩位都是帝華大學的同窗，一定有很多話要聊。」

可是為什麼我要被夾在他們中間？真是莫名其妙……

在我旁邊，東堂教授完全不管現場氣氛，興高采烈地說個不停：

「東城大學和MRI最新機器真是太不對盤了，too bad。上次也是，弄壞了me的壓箱寶九特斯拉的MRI『利維坦』，然後縱型MRI『哥倫布之蛋』發生淬熄。這次開發的大容量CT．MRI複合機『漂浮加百列』，千萬不要再給我弄壞囉，阿權。」

「阿權是高階校長的綽號嗎？」我抓住空檔發問。

「Oh, son of Shinichiro（伸一郎之子），真是傑出的洞察力，你說的沒錯。」

哪有什麼洞察力可言，就是你說出來的啊。我覺得麻煩，改變話題：

「『漂浮加百列』的『加百列』是什麼？」

「從天界派到人間的流浪大天使，任務是把影像診斷的真相傳遞給世界。」

這種滔滔如流水的說話方式，似乎在哪裡聽過。想到這裡，我想了起來，腦中浮現厚生勞動省的食火雞白鳥先生自鳴得意的表情。

「白鳥先生不來嗎？」我問，高階校長苦笑：

「他不可能錯過這麼風光的機會，因為不需要事先討論，他說要直接去現場。」

在櫻宮海角下了計程車後，東堂教授仰望未來醫學探索中心。

朝下方一看，建築物旁站著一名身穿鮮豔西裝的男子。厚生勞動省官員白鳥先生倏地舉起一手，走近東堂教授。

「東堂教授，我真是望穿秋水，等你好久啦！接下來要進入全面戰爭了，請、多、指、教、啦！」

白鳥先生、高階校長、田口教授、東堂教授四個大人，還有我、美智子、痞子沼、三田村四個小孩，一字排開站在海岸線，這幕景象就好像《超人巴克斯》的防衛軍，宇宙戰隊加沃特。

「接下來就是重要關頭了。我們出發吧！」高階校長宣布。

這是我第二次來到「心房」。比起一個半月前公開的時候，建築物變得更加牢固了。

我們來到門前，門便自動喀啦啦打開來，一身鮮紅色套裝的小原女士抱著手臂站在那裡，右邊是摩艾像赤木醫生，左邊則是佐佐木學長，待在後面角落的貓頭鷹怪人藤田教授存在感薄弱。取代藤田教授成為主持人的赤木醫生在前頭帶路，佐佐木學長和小原女士跟上去，殿後的藤田教授無精打采地說：「請往這邊走。」

進入房間一看，「生命」坐在一張大椅子上，手腳被皮帶固定在扶手和椅腳，頭上戴著一個金屬圓帽裝置，伸出許多管線，和一旁的大型電腦連接在一起。

美智子見狀，喊著：「『生命』，你還好嗎？」想要跑向他。

然而下一秒，她就像被雷劈中一樣，當場倒地。

赤木醫生冷冷地看著，說：「誰叫妳未經許可就擅自靠近，從昨天開始，『心』的周圍就設下了電磁護罩。」

「你們就是為了這個目的，才把我趕走的！」美智子大喊。

「生命」微微睜眼，喊了聲「媽媽」，再次閉上了眼睛，周圍的電腦燈號明滅閃爍。這幕景象讓我想起在未來醫學探索中心二樓的房間，看到的白色日式工作服男子。

當時男子的眼睛微瞇，薄唇發出沒有抑揚頓挫的冰冷聲音，問：「誰？」

背脊一陣冰涼，那個人還在那個房間裡嗎？

「對了，你們今天特地跑來，是有什麼事？」小原女士以挑釁的口吻說。

「東城大學醫學院想要協助你們的計畫，擔任影像診斷研究部門，妳願意答應嗎？小原？」

「事到如今，我們才不需要沒用的東城大學協助研究。我們的研究已經靠自己走到了這一步，沒外人的事了，對吧，赤木醫生？」

聽到這話，赤木醫生深深點頭。結果東堂教授開口：

「從截至目前的發展來看，各位為了確認NCC的替代刺激置換現象，採用『DAMEPO』開發的最先進腦波計測及互換裝置，調查神經意識關聯，同時研究意識置換，對吧？可是『DAMEPO』的基本操作裡，在把替代刺激置換現象導入意識層級的實驗中，應該需要大量的基礎數據報告和確認，這部分已經完成了嗎？」

「我沒義務回答來路不明傢伙的問題。」

「居然不認識 me，文科省的 information level（資訊水準）真是 low quality（品質低）到了 splendid（驚人）的程度呢。那麼就讓 me 來告訴妳吧。Me 是這邊這位高階權的盟友，也是 my boss 田口 Don 忠誠的部下，東堂文昭是也。」

「這位『叮噹』先生派頭是很大，但說穿了就是白鳥的小嘍囉、東城大學二巨頭的小弟嘛。」小原女士笑道。

「Oh, me 的名字不是叮噹，是東堂。」

「都一樣啦，總之我沒義務向你公開資訊。」

「這位紅通通的 fire girl，話可不是這麼說。在現代研究，公開資訊是國際標準。在神聖的人類意識領域，必須盡可能取得數據資料之後才能展開研究，這是國際研究協約定下的規則，任何人都無法忽視。在抽血分析 DNA 之前，你們是不是還沒有進行非侵入性檢查的影像診斷分析？」

東堂教授這番話似乎痛擊了小原女士的弱點，但她以天生的好勝心反駁：

「順序雖然反了，但與我們合作研究的組織，即將派來影像診斷的專家，同時送來新開發的影像診斷祕密武器，所以不勞你擔心。」

「那是『DAMEPO』的強制命令吧？Fire girl 違反『DAMEPO』的命令，正在任意推進實驗。這違反了合約，是嚴重的問題。」

「你到底是誰？」小原女士突然壓低了聲音說。

「在下是東城大學 Ai center 的 ultra supervisor、田口 Don 忠誠的部下、在美國是麻省理工學院的『Institute of Minimal Cell』（最小細胞研究所），也就是『DAMEPO』的IMC小組代理人，special agent（特別代理人）東堂文昭是也。」得意洋洋地說完後，東堂教授不知為何小聲接著說：

「對了，IMC這個計畫，目的是要徹底解析全部共有三十億個鹼基對的人類基因組。」

「解析人類基因組，和分析巨型新物種的基因無關吧？」

「錯，人類基因組中，與蛋白質合成相關的序列只有一%，剩餘的九九%是沒有意義的垃圾碼，許多都是所有生物共通的序列，因此分析人類基因組的計畫中，會與流感病毒、黴漿菌、老鼠或大腸桿菌的基因組做比較。和未知新物種做比較，是一種 breakthrough（突破）。」

「或許是吧，但我不會讓你碰『心計畫』一根寒毛。」

「無能的 organization 真是沒救。IMC的創辦人凱洛格博士說，『二流的人物一旦鞏固了地位，就會網羅比自己更平庸的人才，驅逐一流的人才』，看來 fire girl 的組織就是淪落成這樣了呢。」

東堂教授把一張紙遞給小原女士：

「後天九點，運載著 me 開發的大容量CT．MRI複合機『漂浮加百列』的軍事運輸船『波塞頓號』，就會抵達櫻宮港。波塞頓號是『加百列』的專用運輸戰艦，『加百列』就安裝在波塞頓號裡面。『DAMEPO』準備把這部機器派遣到戰地，入港隔天，機器就會注入液態氦，進行磁場調整，三天後的七月十八日，就能夠用來檢查了。」

東堂教授的攻擊也指向計畫主持人赤木醫生：

「對了，有件事 me 很好奇，you 應該沒那麼愚笨，以為新物種的尺寸是人類的三倍，細胞大小也會是人的三倍吧？」

「廢話。」赤木醫生聲音沙啞地抗辯。東堂教授接著說：

「沒有考慮到把人的意識移植到細胞稠密度 dimension（規模）不同的生物上會有風險，這根本是神風特攻隊式的自殺攻擊。這個新物種缺少生殖器官，基本上無法生殖，是全新屬性的生命體，有可能不適用ＤＮＡ傳遞遺傳訊息的傳統生物學中心法則。Me 看不出 you 在處理這種異形生命體的自覺與覺悟。ＩＭＣ的ＤＮＡ分析似乎發現，這個巨型新物種極有可能是來自地球的特有種。」

東堂教授說出無人知曉的最新情報，小原女士沉默了。東堂教授繼續說：

「掌握現況之後，me 決定改變研究體制，採用與東城大學ＩＭＰ團隊的共同研究體制。文科省為了解決失控的狀況，重新邀請厚勞省加入，指名由厚勞省的食火雞白鳥、東城大學則是 me 敬愛的田口 Don 擔任 organization 負責人。正在運作的『心計畫』，負責人則從赤木醫生變更為藤田教授，以上是『DAMEPO』首席代理人的命令。讓 fire girl 和 fire bird 湊成對，是連小說都想不到的傑出發想，對吧？」

Fire girl 小原女士小聲咒罵：「可惡，藤田，你背叛了我們對吧！」

「齁？齁？最先背叛的人是小原室長啊，妳甜言蜜語說會把研究計畫全權交給我，卻一下子就讓赤木取代我。」

「那都是因為你太垃圾太無能，不要怪到別人身上。」

「要完成偉大的研究，需要莫大的時間與耐性啊，小原室長。」

藤田教授大言不慚地說，他怎麼有臉如此冠冕堂皇？同時我也對藤田教授的不死之身感到佩服不已，或許我太小看藤田教授了。

「好了，fire girl，如果理解 me 的指示，就解除電磁護罩，停止意識移植實驗，釋放這個巨型新物種。」

小原女士不甘不願地走向旁邊的機器，安心的氛圍籠罩了房間，就在這時——

「不要上當了！東堂教授不是『DAMEPO』的代理人，拿出身分證來！」

佐佐木學長突然出聲，東堂教授聳了聳肩。

小原女士回神，下令：「警衛隊，驅逐非法入侵者！」

「佐佐木學長，為什麼……？」我問，佐佐木學長別開了目光。

自衛隊突擊部隊立刻殺進房間，我們被踢了出去。

我們一行殘兵敗將坐在櫻宮港的碼頭，擺動著雙腳，眺望著未來醫學探索中心銀色的「光塔」，以及一旁急就章趕工出來的「心房」。

東堂教授遭到強制驅離時，牛仔帽的繩子被拉斷，很不高興。

「只差一步就能徹底壓制了，那個揭發me偽裝的少年是何許人也？」

東堂教授憤憤地問，白鳥先生回道：

「他叫佐佐木敦，小時候是個愛哭鬼。為了等待視網膜母細胞瘤的新藥研發出來，他進入冷凍睡眠，這段期間透過SSS（Sleeping Study System，睡眠學習系統）接受潛能天才教育，所以現在他成了文科省的高足弟子。」

「所以佐佐木學長才那麼優秀嗎？」三田村顯得很羨慕。

「用那種能力識破東堂教授的偽裝，太犯規了。」我說。

白鳥先生豎起食指左右搖晃，發出「嗤嗤嗤」三聲：

「就算再怎麼天才，也不可能識破突然登場的東堂教授是假代理人，他應該是從某處事先得到了情報吧。對了，偽裝成『DAMEPO』的代理人，這麼棒的點子，是東堂教授自己想到的嗎？」

「怎麼可能？是派 me 過來的伸一郎的指示。」

「果然，他總是領先我一步呢。我也識破了『DAMEPO』牽涉其中的可能性，但沒想到可以反過來利用，讓東堂教授偽裝成『DAMEPO』的成員。真是甘拜下風、五體投地。愛哭蟲敦能識破東堂教授是冒牌貨，是因為曾根崎教授把情報都告訴敦了吧。」

咦？這不是一大危機嗎？我慌了手腳，我一直全心信賴著佐佐木學長，就如同「生命」無條件信任美智子一樣。

美智子正面反駁白鳥先生這番假說：

「我不認為佐佐木學長是叛徒，因為如果他知道東堂教授是冒牌代理人，根本就不會讓他進入設施。」

「確實有理，那麼，為什麼敦會突然變臉？」

「或許佐佐木學長有其他想做的研究，他幾乎不會去『心房』，好像都在未來醫學探索中心進行和『生命』沒有直接關係的其他研究。」

「這麼說來，那座『光塔』興建時，我聽說過那裡要導入全世界最先進的超級電腦，什麼能夠進行自主思考、局部性捕捉資料輸入者的思考系統……」

「我看到了，地下室深處的水槽裡睡著一個女人。」

聽到美智子這話，我也被喚醒了記憶：

「我在佐佐木學長交代絕對不可以偷看的二樓小房間看到另一個人，那個人戴著和剛才『生命』一樣的頭罩。」

「那座塔除了敦，還有其他兩個人嗎？」

聽到這話，在岸邊踢動雙腳的痞子沼說：

「不管怎麼樣，我不曉得是『特洛伊木馬』還是『特洛伊卡木馬』，總之大叔的作戰失敗了。身為總指揮，你會好好收拾自己搞出來的爛攤子吧？」

「這怎麼會是我的責任呢？作戰的原案是隱形機伸一郎提的，主演是東堂教授吧？」

「可是那時候我說『厲害的不是大叔，是薰的爸爸嘛』，你不是神氣活現地回說『沒有我居中安排，事情不可能如此迅速推動，所以說是我提出的作戰也沒有錯』？」

「你這小子，討厭的事情記那麼清楚幹麼？」白鳥先生說。

我聽著兩人的話，心想失敗的原因會不會是作戰名稱？因為明明取名叫「特洛伊木馬」，實際上要送入敵陣的卻不是木馬，而是漏洞百出的「鬥牛」。

白鳥先生抵擋著痞子沼毫不留情的抨擊，從岸牆站了起來：

「唔，大致上就像小朋友說的那樣，所以我會想辦法。倒不如說，不想想法子，也無從前進。」

「唉，這樣一來，後天入港的 me 的傑作機器就沒機會上場了，波塞頓號只是在太平洋來回跑了一趟。Me 出於對 my boss 田口 Don、高階權，還有對伸一郎的恩義，明明 busy 得要命，卻千里迢迢出差到這個極東之地，然而因為你們事先討論不周，害 me 白跑了一趟。對 me 來說，再也沒有比平白浪費時間更罪孽深重的事了。既然如此，me 要拋開對在座各位的一切顧慮，只做對 me 有利的事。」

咦？這個人才剛登場就要宣布叛變嗎？這麼說來，爸爸以前說過，肉食的盎格魯撒克遜人都是這樣，而東堂教授跟海獅同名[5]，外表就像頭鬥牛，就算會這樣橫衝直撞，也沒什麼好奇怪的。

而且雖然他說是爸爸拜託他的，但沒有人知道是不是真的，他的外表也很可疑，還會像美國漫畫一樣哈哈哈大笑，一整個就是窩裡反角色。

如果說東堂教授是接受美國國防部的相關組織特殊委託，負責開發機器，推測他和那些人沆瀣一氣才合理吧。雖然他說自己和爸爸是好友（之前說是知己），但官方甚至提供產品開發和軍艦改造費用的委託，和怕麻煩又懶散的爸爸的私人請求，會比較重視哪一邊，是不言可喻。

我完全用有色眼鏡看待東堂教授了。結果高階校長說：

「為了預防萬一，大容量CT‧MRI複合機的暖機，還是按照預定執行吧。」

「預算我已經從『DAMEPO』那邊搶過來了，是無所謂，不過它有上場的機會嗎？阿權？」

「可能有，可能沒有。可是既然白鳥作戰失敗，也沒有替代方案，只能不抱希望，姑且一試了。」高階校長說，白鳥先生大大地伸了個懶腰：

「我最喜歡姑且一試這個詞了，而且一直以來都是我替高階老師和田口教授

5. 譯註：東堂（TOUDOU）的發音和日文的海獅（TODO）相近。

擦屁股，偶爾讓兩人幫我一下也不為過吧。我是不怎麼期待啦，總之你們好好加油吧。」

高階校長的臉瞬間漲紅，應該不是受到夕陽霞光照射的關係。

大人們紛紛擾擾地爭執著，離開碼頭了，只留下我們一群少年。

痞子沼站起來，大大地伸了個懶腰，看向組合屋「心房」說：

「那棟屋子和塔之間有條很粗的電線，之前有嗎？」

「一星期以前，在心房和中心之間拉了連接電腦的線，說是要打造高速網路環境。」美智子回答。

「是喔？明明建築物裡面應該也有Wi-Fi，真奇怪。」

這時，傍晚五點的廣播聲響了起來，我覺得內容好像不太一樣，發現平常是「現在是傍晚五點，請各位小心回家」，今天的內容卻是「各位櫻宮市市民，今晚十一點至明天凌晨一點，海岸周邊將會停電，敬請注意」。

我心想既然是三更半夜，應該不會有影響，沒把這段廣播放在心上。

∴

白鳥先生對高階校長的救援球嗤之以鼻，但實際上那是一記好球。隔天，小原女士一大早來訪校長室，就是這一球的成果。

小原女士後來仔細研究了東堂教授的派遣委任書，發現東堂教授確實謊稱了代理人資格，但檢查的確是來自「DAMEPO」的正式委託，因此小原女士不得不前來低頭拜託東堂教授。

「哈哈哈！me 想要用水蚤般的小謊言唬弄 fire girl，確實很抱歉，但 me 也不是那麼想檢查那個巨型新物種，正打算明天就撤走波塞頓號，返回美國呢。」

東堂教授暢所欲言，小原女士只能哈腰鞠躬說「拜託您務必進行檢查」，那張臉就像她的綽號，紅通通的。我正納悶這個人總是毫不保留地表現出感情，居然有辦法在拘束死板的官僚組織裡活下來，想起還有另一個相似的人。

「那麼 me 也有個請求，me 想要在櫻宮舉辦盛大的亮相秀，公開 me 這輩子最

厲害的發明——大容量CT‧MRI複合機『漂浮加百列』。」

「『心計畫』是首相案件，情報公開受到限制，不能舉行記者會。」

「Me才不管委託人怎麼想，me就是想秀me的影像診斷機器。Me超busy的，檢查之後就要立刻回去波士頓了，如果不能在檢查巨型新物種之前公開亮相，那就不檢查了。所以fire girl，妳只有兩個選擇：一，同意在檢查巨型新物種前舉辦亮相會；二，放棄對巨型新物種進行CT和MRI分析。」

小原女士揑緊鮮紅色的手帕抬起頭：

「好吧，就依照東堂教授的要求處理。」

「不愧是fire girl，當機立斷。波塞頓號將會停泊在櫻宮海角突出的碼頭，靠岸後安置一天，待穩定後就會注入液態氦，在東城大學的放射科醫師島津協助下，調整磁場。Fire girl就負責把巨型新物種帶到船上吧。」

「能不能把機器搬到『心房』？」

「Oh, impossible（不可能），未來醫學探索中心的原址興建『櫻宮Ai中心』

時，安裝了九特斯拉的怪物級MRI機器『利維坦』，當時my boss，田口Don還親上前線指揮了自衛隊的戰車隊，我不認為現在還來得及大費周章搞這些。」

「需要自衛隊戰車隊的話，明天就能安排，因為這是首相案件。」

「那真是surprise，不過沒辦法的。要應對九特拉斯的高磁場，設置的房間牆壁必須是厚二十公分以上的混凝土牆，運輸戰艦波塞頓號就是依據它需要的規格特別建造的。現在才要在已有的建築物弄出那樣的房間，是不可能的事。」

東堂教授取出預定前來的波塞頓號船內平面圖，在桌上打開，指著中間的房間，牆壁確實極厚。小原女士懊恨地咬脣。

「那麼，我會在後天九點前，提出把『心』搬運到波塞頓號的計畫，」接著小原女士轉向美智子說，「所以，進藤同學要陪著『心』，讓他在檢查前的這五天保持穩定。」

小原女士用一種「反正妳不可能拒絕」的篤定口氣要求。

「我知道了，這段期間我會照我的意思安撫他，可以吧？」

「當然可以，不過請妳明天早上再來，今晚我想把做到一半的實驗收個尾。還有，當天教授們在檢查時，要請妳關在影像診斷操作室。」

「這樣做，不會讓『生命』的檢查不好進行嗎？」田口教授提出疑問。

「沒問題，把『心』送到現場後，我和進藤同學會把他引到機器那裡。」

「進藤同學也就罷了，這麼細節的事，小原做得來嗎？」Fire girl的天敵食火雞立刻吐槽說。

「你少在那裡沒禮貌，『心』被進藤同學和我的母愛迷得神魂顛倒。總之這個任務由我指揮，你少插嘴。」

白鳥先生聳了聳肩。

爭吵——不，討論完畢，小原女士離開後，白鳥先生開口：

「別看小原那樣，她很難纏的，尤其她的防備就像銅牆鐵壁，不管再怎麼『引掛』還是『默聽』，她都絕對不會『放槍』。」

「這是在說什麼？」美智子問，白鳥先生回應：「當然是麻將術語囉。」

「大人都受到監視，感覺無法自由行動，只能請小朋友多多加油了。」白鳥先生說。大人們聚在一塊兒，竊竊私語起來，曾根崎團隊見狀，也挨在一起交頭接耳。

「不覺得東堂教授很可疑嗎？」美智子一開口就說。

「妳也這麼認為？」我說，美智子點點頭：

「對啊，比起檢查『生命』，感覺他更拚命想要宣傳他的新產品，和我當國際律師的爸爸說應該要提防的類型一模一樣。」

原來如此，美智子的話很有說服力，但痞子沼正在想另一件事：

「那個大叔是敵是友不重要。現在更重要的是，這是搶回『生命』的千載難逢機會，而且恐怕是最後一次機會。」

「搶回『生命』？這是不可能的，對方是自衛隊的突擊部隊耶！」我說。

「可是如果錯過這次機會，就再也不可能搶回『生命』了。」

痞子沼說的沒錯，三田村推起黑框眼鏡說：

「平沼說的沒錯，可是如果不考慮搶回『生命』之後要怎麼做，計畫會失敗。」

「拜託我爺爺和爸爸，他們會想辦法。偷偷告訴你們，我爺爺和爸爸以前搶走了設置在櫻宮水族館深海館的黃金地球儀喔。」

「咦！這不是犯罪行為嗎？」我說，痞子沼傻笑：

「我爸的說法是，那是『向櫻宮市徵收正當代價的行為』。我不太懂，而且都是以前的事了，不重要，但總之連那個重得要命的黃金地球儀都有辦法偷出來，『生命』好像已經會走了，應該更輕鬆吧？」

「你想得太容易了，痞子沼同學。『生命』是會走沒錯，可是他不聽指揮，會隨便亂走。如果罵他，他就會驚天動地『呱』地大哭。」

「我記得我們已經達成共識，『生命』的哭聲是『呀』。」我糾正說。

「這才是不重要的小事吧？這世上媽媽的話就是絕對。我要表達的是，『生命』會走路，這件事或許反而是個障礙。」

「我明白妳的憂心了。進藤，這六天妳專心陪伴『生命』吧，奪還作戰由我們來想。」痣子沼說，美智子點了點頭。

「好，那我得為陪伴『生命』做準備，先回去了，接下來交給你們了。」

這時東堂教授過來了：「這是明天會抵達的波塞頓號船內平面圖影本，送給你們，或許會派上用場。」

「阿伯比白鳥大叔還機靈嘛，我正想去跟你要呢。」痣子沼說。

對痣子沼來說，白鳥先生是「大叔」，東堂教授是「阿伯」嗎？東堂教授留鬍鬚，所以看起來年紀大一些嗎？我正自尋思，東堂教授朝我伸出龐大的右手：

「Good luck。Me還要設定MRI和攝影，超busy的，阿權和Don還有fire bird也動彈不得，派不上用場，所以巨型新物種的未來，全靠boys的努力囉！」

我隱藏自己對東堂教授的懷疑，點了點頭。

接下來，我們為了守護「生命」的未來與安全，和可疑的東堂教授用力握手。即使只是虛有其表的同盟，有時還是管用的。身為歷史宅的我回想起歷史上的各種事件，一瞬間遙想起那些被咒罵是騙子、叛徒的歷史人物們。

第7章

7月13日(四)

有行動的人
才是贏家。

目送美智子離開後，我、三田村、痞子沼這「曾根崎團隊」男子三人組抱著船內平面圖，前往平沼家附近的祕密基地。痞子沼的爺爺正躺在屋裡啃煎餅，不知為何戴著護目鏡和飛行帽，一副即將乘上零式戰鬥機出擊的樣子。

痞子沼說：「太巧了，我們正想找爺爺求救，我們的朋友遇上危機了。」

「哦？雄介好久沒找爺爺幫忙啦，說來聽聽吧！」

痞子沼說明事情經過，爺爺聽到一半，在桌子鋪上白色道林紙，邊聽邊畫圖做筆記。痞子沼說完的時候，桌上的筆記已經變成宛如一幅曼陀羅。痞子沼的爺爺摘下護目鏡說：

「我看你這陣子都在鬼鬼祟祟忙什麼，原來是這麼回事啊。這可是個大任務，我好久沒這麼熱血沸騰啦！」

「拜託平沼爺爺幫忙了。」我行禮說，爺爺用那雙銅鈴大眼瞅了我一眼：

「我在佛羅里達的時候，你爸爸很照顧我，我們感情很好，都直呼對方名字，所以你也叫我豪介吧！」接著他瞄了三田村一眼說，「如果想要我幫忙，那邊那個看起來很聰明的小朋友，也叫我豪介，懂了嗎？」

我和三田村同聲回應：「是的，豪介爺爺！」

「很好！沒時間了，立刻擬定作戰計畫吧，不過這個問題相當棘手吶。」

豪介爺爺雖然這麼說，但他紅光滿面，表情也變得熠熠生輝。

「現在我的腦中有好幾個奪還作戰藍圖來來去去，總而言之，現在這個陣容，人手實在不足，你們有什麼可以幫忙的人選嗎？」

「平常都是東城大學的老師們在幫我們，但他們說這次他們受到監視，沒辦法提供援手。」我說。

「我也長年沒有活動了，和夥伴們都疏遠了。有個叫『4S代理店』的萬事通，十年前我曾委託他們處理麻煩事，後來就失聯了。」

4S代理店？這名稱好像在哪裡聽過……

「那是怎樣的組織？」

「一個很小的麻煩終結者組織，成員只有墨鏡年輕人和女歌手。」

我的腦中浮現「深淵」陰暗的吧檯景象。

「呃，如果是他們，我應該知道。」

我說明畢業旅行的時候，他們用超快的速度送我回旅館的事，豪介爺爺站了起來：「沒錯，就是他們，既然有這樣一段奇緣，那麼就該打鐵趁熱。」

豪介爺爺從口袋掏出手機，以粗壯的手指按了幾下：

「平介，緊急狀況，你現在立刻開車到第三別墅來。」

豪介爺爺默默聆聽了手機半晌，接著深吸一口氣，發出洪鐘般的吼聲怒罵：

「混帳東西！你管ＮＡＳＡ說什麼，這邊才是第一優先！雄介的朋友的朋友正遇上大危機啦！」

豪介爺爺掛斷電話，喘著氣看我們：

「我叫平介也開車過來，咱們現在就去那個叫什麼『深淵』的地方。」

叫平介「也」？除了痞子沼的爸爸，還有誰要開車？

一會兒後，車子抵達基地前面。我、三田村和痞子沼坐到平介叔叔的轎車後車座，豪介爺爺坐到副駕駛座。車子直接開到製作所的倉庫，豪介爺爺拖出一台名為猴子機車的小型機車。

「天氣很好，我騎這傢伙去。」

豪介爺爺壯碩的身體一跨上去，機車頓時看起來就像小玩具。爺爺看了看我們三人，指向坐在正中央的三田村說：「那個豆芽菜眼鏡，我讓你坐特等席。」

「咦？我嗎？」

「沒錯，你沒坐過機車後車座吧？」

「咦咦咦？我、我、我坐這裡就行了。」三田村拚命抵抗，卻一下子就被拖下車了。豪介爺爺讓哇哇吵鬧的三田村戴上安全帽，穿上不曉得從哪裡挖出來的小件連身工作服。

「沒想到雄介小學一年級穿的連身服剛剛好，你應該吃胖一點。」

爺爺讓三田村坐到後車座，把挪到額頭的護目鏡拉下來戴好，罩上安全帽，跨上機車，轟隆隆發動引擎。

「豪介爺爺騎車沒問題嗎？」我問平介叔叔。

「那件連身工作服經過特殊設計，就算和卡車對撞，也能釋放衝擊。」

我們說話間，猴子機車已經發出啵啵啵啵的噪音，從眼前揚長而去。

平介叔叔發動引擎時，猴子機車掉頭回來了：

「後面的豆芽菜眼鏡仔不曉得店在哪裡，平介，你開前面！」

沒先確定目的地就衝出去，這爺爺也太魯莽了吧？我傻了眼。

窗外吹來的風很舒爽，三年前因為新冠肺炎疫情爆發，人人避免群聚，因此坐車開窗成了理所當然的習慣。我從車窗探頭往後看，三田村坐在豪介爺爺操縱的機車後車座，哀嚎不斷：「哇！」「呀！」「要死了！」

可是十分鐘後，就沒聽見聲響了。車子行駛了近一小時，出現與東京的縣境標示板。

這時，我發現我疏忽了一件重要的事，「深淵」好像要傍晚才會開……

我提心吊膽地說出這件事，平介叔叔打方向燈，把車子開進休息區。

豪介爺爺把機車停到旁邊來，後車座的三田村已經翻白眼了。

「怎麼啦？幹麼停在這裡摸魚？要上廁所嗎？」

「薰說店傍晚才開，所以我想說先在休息區吃個飯。」

平介叔叔這麼回答，豪介爺爺的怒吼隨即震撼了整座停車場：

「混帳東西！你這個老闆就是這副德行，平沼製作所才會沒辦法鴻圖大展！就算得站在門口等，也要盡快趕到目的地，在現場思考下一步，這才是平沼製作所的基本精神！」

「太亂來了。」平介叔叔說。

我忽然想到：「或許『深淵』有賣午餐。」

「不愧是曾根崎教授的獨子，真機靈。那麼，立刻朝『深淵』出發吧！」

總覺得「朝深淵出發」聽起來不太吉利，同時我訂正說：

「那個，其實我不是獨子，我有個異卵雙胞胎妹妹。」

「什麼？伸一郎從來沒有跟我提過！薰，和你分開的雙胞胎手足在哪裡？」

「我也是最近才知道的，我妹妹住在『深淵』附近的診所……」

「也就是歸夫人扶養嗎？那麼，我很快就可以見到你妹妹了吧。」豪介爺爺說。我想要避免這種狀況，不幸的是，命運的齒輪把豪介爺爺的話變成了預言。

「深淵」沒有賣午餐。我應該要想到，那個綁著鮮豔花頭巾的老闆娘，不是那種會想靠賣午餐賺零頭的類型。

「唔，看這店面，顯然是只做深夜生意。不過在隔壁的漢堡店吃午飯也太寒酸了，既然來了，就去拜訪令堂的診所好了。」豪介爺爺說。

「爸在說什麼啊？人家在看診，我們這麼多人突然上門，會造成麻煩的，絕對不行。」平介叔叔規勸說。結果在機車後座張大嘴巴，魂都從嘴裡飛出來一半的三田村回到陽間了：

「星期四是聖馬利亞診所的休診日，應該沒關係。」

「三田村，你怎麼會知道啦？」

「我想要找機會來參觀，預先調查過了。」

原來他畢業旅行時的發言是認真的？這小子的執念真是可怕……

「剛才我過世的祖父現身，對我說『優一，人生苦短，想做什麼就放手去做吧』！所以我決定再也不要客氣或忍耐了。」三田村接著說。

豪介爺爺用棒球手套般的大手重重拍了拍三田村的肩膀：

「看來豆芽菜小子脫胎換骨了。你爺爺說的沒錯，有行動的人才是贏家，無論輸家或贏家都精神可嘉。」

後半的說法沒聽過，但三田村點點頭，所以我也不計較了。

從「深淵」到聖馬利亞診所開車約十五分鐘。我正擔心沒事先說一聲就登門拜訪，會造成麻煩，沒想到出乎意料，一看到我，死對頭的異卵雙胞胎妹妹忍就歡迎我說：「哥哥來得正好！我正想連絡你呢。」把我嚇了一跳。

「不好意思，我沒空奉陪，我正忙著處理『生命』奪還作戰。」

「既然那麼忙，還跑來我家幹麼？」

「痞子沼的爺爺說他想請『4S代理店』幫忙。」

「如果想拜託SAYO小姐和牧村先生工作，直接去『深淵』就好了吧？」

「那家店午餐時段沒開，所以我們過來這裡打發時間。」

「哥哥真是的，做事就是這麼粗心。」

「明明妳自己也叫我直接去『深淵』。」

看著我們兄妹拌嘴的豪介爺爺插嘴道：

「這位小姐就是薰的妹妹嗎？可以幫我們介紹一下嗎？」

忍立刻擺出面對外人的乖巧臉孔：

「謝謝您關照我不成才的哥哥，我是薰的異卵雙胞胎妹妹忍。因為是異卵雙胞胎，所以我無法接受依據傳統觀念而被冠上的兄妹這樣的排序。」

「原來如此，也就是說，也有可能忍才是姊姊嗎？或許我會幫忙照顧妳不成才的暫稱哥哥的朋友，不過我就是個糟老頭兒，不必太在意我。」

忍小聲嘀咕「這老頭好像很煩人」，幸好這番不敬言論似乎沒傳進豪介爺爺的耳裡。

「令堂在家嗎？」豪介爺爺問。

「真不湊巧，她昨晚就去參加地方的學會了，不在家。」

「太可惜了，我本來還想拜會一下神人曾根崎教授的夫人呢。其實我在佛羅里達州的時候，受到妳父親大力關照，所以這次才會想為他的公子兩肋插刀。對了，剛才妳說妳有事要找妳哥哥幫忙？」

「嗯，是啊。」

「請讓我們也一起聽，略盡綿力吧，剛好可以打發等『深淵』開門的時間。總之先說說是怎麼回事吧，凡事皆是如此，越早知道，就能越快處理。」

忍雖然不太高興，但似乎聰明地判斷，比起找我一個人討論，一口氣向五個人求救，更有可能找到解決之道。

「那麼就拜託您了，我想討論的，是拓哥的事。」

「妳還有一個哥哥嗎？那麼，去妳哥哥的房間談吧。」

忍踩著輕快的步伐上去二樓，敲了敲門：

「拓哥，薰哥哥和他朋友說願意幫忙，我們可以進去嗎？我進去囉。」

忍不待回應，逕自開門。正伏在桌上的拓抬起頭來，他臉色蒼白，面容憔悴不堪，看起來非常嚴重。

「我完了，『木馬』遭到複製了。」拓呻吟地喃喃道。

「被複製會怎麼樣嗎？」

「『木馬』是能鑽進任何隙縫，取得資訊帶回來的超小型程式，甚至可以從軍警組織取得情報，所以萬一遭到濫用，後果不堪設想。可是上星期我發現它遭到複製的痕跡，好像被超厲害的駭客竊取了。」

在一旁聆聽的平介叔叔插嘴道：「那還不曉得是不是已經遭到濫用，趁現在打造出一個捕捉系統就沒事了。以前我也做過類似的程式，原理應該相似，我還算是寶刀未老，讓我來追蹤你遭到非法複製的程式吧！」

「拜託叔叔了。」拓深深行禮說。

「可是讓人有些不解呢，既然是外部難以察覺的程式，也不容易成為竊取或複製的目標，歹徒是怎麼知道你這個程式的？」

「我也不知道，但既然遭到竊取，表示對方知道我在做什麼，這是致命傷。」

「總之先找找看吧。」平介叔叔攬下任務，拓的表情明亮起來。

「看吧，就像我說的，就算是臭皮匠，也能湊成諸葛亮。」豪介爺爺得意地說。呃，你又沒說過這句話，而且你根本什麼都沒做吧？

「可以趁著無所事事的等待時間救人，皆大歡喜啊！」豪介爺爺說，一下子就下樓去了。忍目送著他的背影，問我：「今天那個做作女沒一起來？」

「妳說美智子嗎？她要擔任母親角色，陪著『生命』六天，所以先回去準備了，難道妳想見她？」

「怎麼可能？那種自以為模範生的女人，我跟她無話可說。」

我眼尖地看見忍嘴上這麼說，臉上卻閃過遺憾的神色。

拓跟著我們離開房間，說：「我把『木馬』的搜索交給那位叔叔，然後我想幫忙你們電腦方面的事。如果不麻煩，請帶我一起過去。」

「你可以出門嗎？而且沒有專用的軟體，你沒辦法用電腦吧？」

「哦，我有ALS病患專用的視線識別滑鼠程式光碟，只要安裝程式，在任何電腦都可以使用。」

來到一樓客廳，再加上忍和拓，成員增加為總共七人，我們在桌上打開東堂教授提供的波塞頓號船內平面圖，討論起來。

影像診斷室位在船的中心區域，動線很單純，可以推測出搬運路線，不過一旦進入船內，就無路可逃，我們做出結論：想要在船上搶回「生命」相當困難。

「看來，接下來是該找『4S代理店』討論的部分了。」

看看時鐘，過六點了，現在出發，到「深淵」的時間應該剛剛好。

總共七人的話，加上豪介爺爺的猴子機車，正好坐滿。

∴

抵達「深淵」以後，忍扶著拓走下樓梯。忍的黑色包包裡除了有兒童小提琴，還放了拓的安裝用光碟。一打開門，夜色流淌而出，但豪介爺爺的氣勢似乎驅散了黑暗，店內突然變得一片明亮。

包著頭巾的老闆娘一臉驚訝：「咦，怎麼一下子來了這麼多客人？忍的朋友嗎？」

「不是，這些人是來找牧村先生和SAYO小姐的，說有事要商量。」

「我剛剛有連絡他們兩個，就快到了。」

聆聽對話的豪介爺爺說：「老闆娘，我聞到好香的味道，妳會做菜？」

「當然啦，只要是我會做的菜，想點什麼都行。」

我覺得這是廢話，但豪介爺爺不在意，點了點頭：

「咱們還沒吃午飯，肚子餓死了。請妳準備數人份的義大利麵，再來個兩三樣小菜吧。」

老闆娘點點頭，走進後面的廚房。她前腳剛離開，店門便「匡啷」一聲打開來，一襲藍色禮服的SAYO小姐和牧村先生走進來，豪介爺爺立刻開口：

「好久不見啦，SAYO小姐，瑞人。」

「聽這聲音，是豪介先生？」牧村先生的眉毛一挑。

「那時候多虧你們幫忙了。喂，平介，你是第一次見到他們吧？打招呼啊！」

「老爸，你忘了嗎？我在上《一刀兩斷》節目的時候跟他們打過招呼，不過後來就沒有再連絡了呢，那時候真是謝謝兩位了。」

「看來也不是要開那時候的同學會呢，是有什麼事情要委託嗎？」

「SAYO小姐還是一樣敏銳，其實我們想要委託『4S代理店』。」

這時，老闆娘捧著義大利麵的大盤子出來了：

「我都聽到了，既然如此，今晚就讓你們包場吧！SAYO，幫我把招牌收進來。」

「深淵」店內的大小正適合用來開祕密會議。忍自然地協助拓用餐，我說「好好吃」，老闆娘驕傲地挺起胸膛：

「我年輕的時候流浪全世界，吃遍各地的家常菜，所以跟一般廚師可不一樣。」

一旁，豪介爺爺向戴墨鏡的牧村先生說明狀況。

聽完來龍去脈後，牧村先生轉向我：「忍的哥哥身處非比尋常的因緣循環之中呢，你會被引導到這裡來，或許也是某種啟示。」

「那麼，你願意接受我們的委託嗎？」

豪介爺爺起勁地說，牧村先生卻搖搖頭：

「『4S代理店』希望維護上一代傳下來的招牌，維持九九%的問題解決率，因此如果是不可能的任務，我們不想答應。既然如此，接受這個委託的條件就只有一個，如果不能把敦拉回我們的陣營，我們只能婉拒委託。」

牧村先生抬起頭，露出從墨鏡底下遙望遠方的神情。

「敦和東城大學的關係比任何人都要深，他卻想要背叛東城大學。若是無法將糾纏不清的故事爬梳開來，就無法成功。換言之，必須讓這場作戰成為符合東城大學命運的任務，不過，即使把敦拉回這邊的陣營，作戰成功率依然只有兩成。」

「我們該做怎麼做才好？」我有些不安地問。

「目前，你們沒有任何可以做的事。剖析敦的心思，是我和小夜的任務，看來我們必須把櫻宮岬的恩怨情仇做個了斷。小夜，把車子開過來。」

「明白了，老大。」ＳＡＹＯ小姐說，倏地站起來。

ＳＡＹＯ小姐把藍色雪佛蘭開到店門口，牧村先生坐上副駕駛座。

「薰和我一起過去，老闆娘，猴子機車就麻煩妳保管了。等這件事落幕，我會回來把這家店的菜吃個精光，妳要有心理準備。」

豪介爺爺這麼說，老闆娘回應「沒問題」，抿脣一笑。

三田村、忍和拓坐上平介叔叔的車後座，副駕駛座則是坐著痞子沼，總共九人都坐滿了。

SAYO小姐挽起禮服袖子，戴上藍色墨鏡。她催動幾次引擎後，踩下油門，輪胎吱呀尖叫，車子在商店街的巷弄呼嘯而過。豪介爺爺整個人往後翻過去，「嗚噢」了一聲，我因為早有心理準備，沒有尖叫。因為加速過快，豪介爺爺的靈魂彷彿被甩在店門口，嘴巴不停地開合，就像魚缸裡缺氧的金魚。

「弦月，即將新月了，大潮要來了。」SAYO小姐喃喃道。

三十分鐘後，SAYO小姐風馳電掣的雪佛蘭車窗外出現海岸線了。

夜晚的大海一片黑暗，海角前端閃閃發亮，彷彿插在上面的一把刀。

「瑞人，看到『光塔』了。」

牧村先生戴墨鏡的臉轉了過去。去程走高速公路，花了一小時半，但SAYO小姐走市區，居然三十分鐘就到了，平介叔叔的車子當然不見蹤影。

SAYO小姐把車停在陰暗的沙灘，回頭看後車座。

「下一步怎麼做？」她問，豪介爺爺猛地復活了。

「平介的車追不上吧，我們幾個直接過去。」

「這應該是正確決定。」牧村先生同意。

SAYO小姐把車開到塔的後方，熄火關燈。

我們走下車子，腳邊開滿了野玫瑰，就像覆蓋了整片沙灘。之前一定是因為過度緊張，心慌意亂，我都沒有注意到這些粉紅色的可愛花朵。

眼前聳立著我們即將要突擊的「光塔」，它看起來像是以野玫瑰的藤蔓編織而成的夢幻之塔。想到這裡時，我發現我們被潮聲籠罩著。

第8章

7月13日（四）

恩怨消融在月光裡。

晚上八點，我們藏身在草叢裡，這時屋門打開來，小原女士和赤木醫生走了出來，廚師也一起離開，但沒看到美智子。

「赤木醫生，只有你的研究進度落後，你要加緊趕上啊！」

「我正在努力，但樣本難以取得……」

「距離檢查只剩下五天了，我會等你到最後一刻，但最晚只到星期天傍晚。如果不行，之後就換佐佐木同學擔任計畫主持人。」

「怎麼這樣？他的確很優秀，可是才剛成為大學生而已啊！」

「我只看實力，所以才會跳過藤田教授，讓你擔任主持人，這是一樣的道理。期限是三天後的七月十六日星期日下午六點，多一毛我都不等。」

小原女士的日文有時候很奇怪。

「閉門造車太沒效率了，就算遇到瓶頸，也無法跟任何人討論，而且只要求結果，這太……」

「咦？除了成果，還能拿什麼當作研究人員的評量指標？」

赤木醫生被小原女士嚴正的說詞堵得說不出話來。赤木醫生以前跟著草加教授，每天早上都能百無禁忌地討論做研究，對他來說，現在的環境或許就像活地獄。閉門造車反而是貓頭鷹壞蛋藤田教授的拿手好戲，這讓我覺得世事真是諷刺。

小原女士可能覺得說得有些過分了，悄聲補了句：

「唔，我是同意閉門造車沒效率啦……」

「那個吵吵鬧鬧的紅衣女是Scarlett小原，旁邊縮得小小的大塊頭是摩艾像赤木，對吧？」豪介爺爺小聲說。待兩人搭乘廂型車離去後，躲在草叢裡的豪介爺爺站起來，拍掉沾在連身工作服褲腳的沙子。

「這下屋裡只剩下佐佐木敦和進藤美智子了吧？」

「美智子應該不在，她應該先坐車回家了。」

「那更好了，SAYO小姐、牧村，出擊了！」

豪介爺爺用拳頭敲打屋門，大聲呼喊：「有人在嗎？」彷彿回應他的大嗓門，塔門打了開來。豪介爺爺大步走進裡面，我跟了上去，接著SAYO小姐和牧村先生無聲無息地閃進來，門在背後關上了。玄關的燈照亮昏暗的門廳，眼前站著一條細長的黑影。

「事到如今，薰，你還來做什麼？還有那個大搖大擺的老爺爺是什麼人？」

我正要介紹，豪介爺爺伸手制止，大聲說：

「我是薰父親的朋友，平沼豪介。因緣際會，前來為他助陣！」

「原來是平沼的爺爺啊，如果你們想搶回『生命』，那是不可能的事，最好死了這條心。我們是有自衛隊突擊部隊保護的國家代理人。薰，你快點回家念書吧，國中醫學生要是連國中都畢不了業，那就好笑了。」

嗚！這批評真是刀刀見骨，如果是以前，這話可能已經讓我一蹶不振了。但現在的我，不會被這種程度的詆毀擊倒。這時，一道凜冽的聲音響起：

「態度很嗆嘛，敦。」

佐佐木定睛細看我背後的黑暗，牧村先生忽然從黑暗中現身，藍色禮服的SAYO小姐在一旁依偎著他。

「瑞人哥哥……你怎麼會在這裡？」佐佐木學長的聲音哽住了。

「聽說你出賣了薰重要的朋友，我認識的敦，不是會做出這種事的人，我想知道你到底發生了什麼事。」

佐佐木學長握緊了拳頭。這時，外頭傳來緊急煞車聲，門猛地打開來。

我還以為是平介叔叔一行人到了，結果不是。

「等一下！瑞人，敦也是經歷了很多事啊！」

回頭一看，一道人影在逆光中叉開兩腿，旁邊跟著一個小人影。

「翔子阿姨、美智子，妳們怎麼會來……？」我忍不住問。

美智子說：「忍傳LINE告訴我，你跟牧村先生還有SAYO小姐過來這裡，所以我立刻通知了翔子阿姨，幸好趕上了。」

「好久不見了，見到妳真是開心，小夜。妳還是跟以前一樣，一點都沒有變呢。」

「有嗎？翔子妳好像比那時候更年輕了。」

「每天被小孩包圍嘛，晚點再寒暄吧，現在重要的是敦。我明白瑞人想要責怪敦的心情，可是敦經歷了很多事，請你諒解。」

「翔姊不要插嘴。」佐佐木學長說。

「不，我要說。你為什麼會做出這種事、你為了這件事有多麼痛苦，如果不說，不會有人明白的。」

「我不需要別人明白，這是我自己的決定。」

「可是你這麼做不是為了自己，是為了別人吧？」

翔子阿姨大步走過去，抓住佐佐木學長的手。

「你應該說出一切，讓大家了解你有多苦。」

一道銀色的淚水從佐佐木學長冰冷泛光的右眼滑落。

佐佐木學長走下螺旋階梯，翔子阿姨、我、美智子、被ＳＡＹＯ小姐挽著手的牧村先生跟著下去，最後是豪介爺爺壓陣。

來到地下室後，佐佐木學長遲疑了一下，接著走向深處的空間，是他交代「絕對不准偷看」的禁區。一座大水槽蓋著白布，佐佐木學長就站在水槽前。在翔子阿姨催促下，他掀開白布。

水槽裡躺著一名女子，看上去全身赤裸，所以我忍不住低下頭，但仔細一看，她穿著貼身的白色連身衣。

「她是日比野涼子，在敦凍眠的五年間，負責照顧他的人。敦從凍眠中醒來時，她代替敦成為『睡人』。」

翔子阿姨以纖細的指頭撫摸著水槽說。

「敦從凍眠醒來的話，就沒有任何『睡人』了，臨時法規也會作廢。這樣一來，就再也沒有法令可以保護敦的人權，敦會變成醫學研究的白老鼠。為了避免這種狀況，只要有第二個『睡人』就行了，而涼子選擇了這條路。」

佐佐木學長仰頭看著天花板，挑高的天花板上，弦月的紅光透過天窗傾灑在水槽上。

「然而涼子該醒來的日子到了，她卻沒有醒來，所以緊急將冷凍睡眠再延長三年，今年就是第三年。」

「都是因為我心裡想什麼希望涼子小姐不要醒來。」佐佐木用拳頭敲打水槽，翔子阿姨輕輕地把手搭他在的肩上：

「涼子沒有醒來，不是你的錯，我比任何人都清楚你有多努力。」

接著翔子阿姨看向我說：

「薰，敦會背叛你，都是為了涼子，請你諒解。」

佐佐木學長斷斷續續地說了起來。涼子小姐到了該醒來的時間，卻沒有恢復意識；還有她失去了心，而這是佐佐木學長私自期望過的事，可是事情一旦真的變得如此，他卻後悔得要命。

「我會幫忙赤木醫生的研究，也是出於這個理由。但這時『生命』誕生了，『DAMEPO』牽扯進來，我改變心意了。他們想要把『生命』打造成士兵，組織無敵的軍隊。身高三公尺、體重兩百公斤的龐然巨軀，再配上嬰兒水準的智能與感情，飲食量少，又不需要排泄，這是最理想的生物兵器。計畫內容轉變為把智能移植到『生命』身上，主持人從藤田教授換成赤木醫生，小原女士不知道真正的理由，她只是個傀儡，但我從某人那裡得知了真相。」

「我爸爸對吧？」我說，佐佐木學長點點頭：

「曾根崎教授從『生命』一出生，就預測到狀況會如此發展，立刻採取了行動。他最強的一招，就是利用東堂教授開發的大容量CT・MRI複合機『漂浮加百列』和運輸戰艦『波塞頓號』，以最先進的影像診斷機器進行生體檢查。他讓東堂教授向『DAMEPO』提出企劃，設法阻止『生命』的生物兵器化計畫。接下來只要有我協助，一切都天衣無縫，然而我卻背叛了。因為『心』的移植實驗已經預定好要執行了。」

我看向佐佐木學長，原來他從那麼早的階段就已經決定要叛變了嗎？

「涼子小姐的記憶片段，保存在主宰這裡的超級電腦『母親』當中。天才程式設計師所安裝的軟體『腹語師』，把涼子的種種想法都保存下來了。得知這件事以後，我提出在『母親』內部打造出人工心智的計畫，小原女士取得了『DAMEPO』總部的同意，但這個指令卻轉變成在電腦中重新建構、移植生存者心智的指令，然後『DAMEPO』指定由『冰人』擔任心的捐贈者。」

「就是二樓穿白色日式工作服的那個人呢。」我說，佐佐木學長點了點頭。

「為了移植心智，一整天坐在椅子上，讓頭罩不斷地捕捉腦波，這要是一般人，早就發瘋了，但那個人滿不在乎。我每天可以和他交談五分鐘，他是個很奇妙的人，說『我死過一次，所以沒有難受的感覺』。」

佐佐木學長說，全身哆嗦了一下。

「我想要把計畫挪用到涼子小姐身上。『冰人』的意識移植到『母親』之後，要被移植到『生命』身上，我打算與此同時，蒐集並重新構築在『母親』當中浮游的涼子小姐的意念，移植回涼子小姐身上。大腦是神經元的聚積體，由突觸之間流動的電流所構成，所以只要把神經元變換成電氣元件，理論上是有可能重現記憶和感覺的。這件事，小夜小姐和瑞人哥應該深有體會。」

SAYO小姐看向牧村先生，翔子阿姨注視著他們兩人。

「我認為只要把記憶的碎片聚集在一起，或許就有辦法做到。依照行程，只要和東堂教授開會的時間延後一天就沒問題了。可是就在我決定要執行心智移植的那天，薰帶著東堂教授跑來『心房』，要是當時指揮權轉移到東堂教授手中，我私下極機密準備的『心智移植』計畫就會受挫。」

「為什麼不先搶回『生命』，再讓涼子小姐復活呢？」美智子說。

「那樣不行，『心智移植』需要龐大的電力，必須把這一帶的電力暫時全部供應到這裡。雖然抓住三十分鐘的空檔，把部分電力挪用過來也不會被發現，但若是計畫瓦解，大容量電力的供應本身也會泡湯。要是那樣，就再也沒有機會了，所以我……」

佐佐木學長打住了話，幽淡的月光從天窗灑下，籠罩了陷入沉默的地下室。

牧村先生摸索著往前走，伸手撫摸水槽。

「你這小子實在太笨拙了，跟以前一樣，一點都沒變。可是你打算往後也像這樣，繼續隱瞞著自己的感情活下去嗎？」

「我不知道，我已經搞不懂了。瑞人哥哥，告訴我，我該怎麼做才好？」

「這是你必須自己決定的事，我無法給你建議。」

「可是瑞人哥哥以前不是指點了我該走的路嗎？」

「不對，我從來沒有為你指路。那個時候，我選擇了我要走的路，你也選擇了你的路，反而是你救了我。所以，不要想得太複雜。如果你繼續選擇違背東城大學精神的方向，我也無能為力。但如果你想要搶回『生命』，我和小夜可以幫你，只是這樣而已。」

「違背東城大學的精神？」佐佐木學長沉聲說。

「你是東城大學的結晶，你比任何人都更長久、更深刻地與東城大學相依相偎。」

佐佐木學長閉上眼睛，深深吸了一口氣，接著他吐氣呢喃：

「我是東城大學的結晶……」

然後他睜開眼睛，注視著牧村先生說：

「那麼，我想問瑞人哥哥一個問題。哥哥，你感謝東城大學嗎？」

牧村先生沉默了一下，接著他平靜地說：

「不感謝，我從來沒有想要活下去，我只是身不由己地活下來了。」

一旁的SAYO小姐垂下了頭。佐佐木學長又問：

「如果，瑞人哥哥是因為誤診而被動了手術，那怎麼辦？」

「誤診？」SAYO小姐發出慘叫般的驚呼。

「你幹麼亂說這種話？敦！」翔子阿姨也叫道。

「我的工作是維護『溫蒂妮』，也就是涼子小姐，但表面上是整理和保存這裡所累積的東城大學醫療紀錄。就像瑞人哥哥說的，對於東城大學，我涉入的程度比任何人都要深，所以東城大學做過多少充滿欺騙的醫療行為，我瞭若指掌。

我重新調查瑞人哥哥和我的病例，發現哥哥有一隻眼睛極有可能不是眼癌。即使如此，哥哥還是要我站在東城大學這邊嗎？把誤診奪走視力的事實葬送在黑暗裡，連個道歉也沒有，你要我去愛這樣的組織嗎？」

時間彷彿凍結，凝滯地流動。半晌後，牧村先生開口：

「這是兩碼子事，我的眼睛是我的問題，不勞旁人說三道四。」

「東城大學錯誤奪走了瑞人哥哥的視力，你不恨東城大學嗎？」

「我沒有怨恨，現在的我，只是活在被賦予的世界裡。」

驀地，頭頂傳來陌生的聲音：

「原來如此，沒想到神明曾經降臨此處，真是巧合。」

地下室的人同時抬頭看頭上。

一樓大廳有張白皙的小臉俯視著樓下，那人細眼薄唇，讓人有種正在過冬的白粉蝶正靜靜開闔著翅膀的錯覺。

「冰人，你怎麼會過來？」佐佐木學長問。

「必要的資訊我都提供了，沒理由繼續留在這裡了，所以我想告辭了。」

「你是誰？」牧村先生沉聲問。

「世上有些事，不知道比較幸福。你剛才的話讓我深有同感，所以我才插嘴，但這不是我的行事風格。不過，我會見到對東城大學的憎恨與執迷交織衝撞的現場，應該不是偶然。」

「如果不是偶然，那是什麼？」佐佐木學長問。

白色工作服男子彷彿嘆氣地說：「是天意。」

這話讓現場激動的氛圍急速冷卻下來。

「我聽到剛才那段往事是天意，但見證鬧劇的結果，並非我的天命，不過真的很耐人尋味。我要告辭了，請替我問候田口醫生。」

「既然認識田口醫生，你也和東城大學有關嗎？」

「你說你查過東城大學全部的醫療紀錄，裡面有我的資料嗎？」

佐佐木學長搖頭，白色男子冷冷地笑了：

「這就是答案，對東城大學來說，我是忌諱的奇異點。」

男子的形姿倏地消失，只留下空茫的虛無。

豪介爺爺說：「那傢伙是什麼來頭？沒頭沒腦地淨說些莫名其妙的話。」

「你把那種人的心移植到『母親』了？他是怎樣的人？既然你移植了他的心，應該多少也接觸過他的內在吧？」

「他和保存在『母親』裡涼子小姐的碎片完全相反，他是一片空洞。不過因為很稀薄，所以很容易分析。過程中，我覺得如果有心的骨骼標本，是不是就是這樣……」

「佐佐木學長，你把那種莫名其妙傢伙的心移植到『生命』身上了？」

美智子激動地指責，佐佐木學長點點頭：

「沒錯，小原女士和赤木醫生都不知道任務已經結束了。『DAMEPO』的計畫主持人改為以『心智移植』為主時，我就做了變更。所以我在問題發生前，就在上一刻，已經完成『心智移植』了。」

「那麼，這位女子的『心智移植』也結束了？」牧村先生問。

佐佐木學長點點頭：「所以對於瑞人哥哥剛才的問題，我只能這麼回答，不論我是否協助這幾個小子，都不重要了。我只想知道瑞人哥哥的真心話，你想協助因為誤診而奪走你視力的東城大學嗎？還是不想？」

「我是什麼事都做的便利屋，接到委託就行動，我不想讓自己的感情介入其中。」牧村先生喃喃說道，佐佐木學長立刻說：

「真是冠冕堂皇，那麼我也效法瑞人哥哥的回答——我不打算答應這些人的請託，但如果是瑞人哥哥拜託，我可以答應。」

「我不是說過，我不能當委託人？」

「那我就不答應，因為哥哥一直以來，就像是我的羅盤。」

牧村先生的表情扭曲了，他向來堅守只接受他人委託的立場，現在就彷彿他過往的人生譁然崩塌一般。

這時，SAYO小姐以低沉的嗓音唱了起來，那首歌我聽過，是在「深淵」聽到的〈La Mer〉。

燦光中，一名白色洋裝少女佇立在沙灘看著大海，髮絲在風中飄揚，她回過頭來，嫣然微笑。現場每個人都茫然地看著少女。

ＳＡＹＯ小姐的歌聲從天而降，恍如月光一般照耀著我們。

唱完後，ＳＡＹＯ小姐輕嘆了一口氣。

牧村先生開口：「我的人生就像是由紀小姐託付給我的，我卻沒想過如果是由紀小姐，她會怎麼想。」

翔子阿姨聞言搖了搖頭：「你這樣並沒有錯，瑞人。由紀死了，但你還活著，你要忘了由紀，過好自己的人生。敦的問題，你要自己來回答。這是你活著的證明，而且由紀所期望的，也是你為了自己而活。」

見牧村先生沉默，美智子說：「現在是在做什麼？佐佐木學長和牧村先生的過去對我不重要，我對已經死掉的人和誤診也不關心。救救『生命』吧！居然不經我同意，就把那種可怕的人的心移植到『生命』身上，這太過分了，『生命』和我們一樣都是人啊！」

不是吧？我這麼想，卻無法說出口。

但美智子真摯的傾訴，打動了在場每個人的心。

「敦，你忘了最重要的一件事，涼子小姐為什麼會凍眠？就是為了不讓你跟『生命』一樣，被當成實驗動物對待，然而你卻做了完全相反的事。」

聽到翔子阿姨這話，佐佐木學長彷彿轟雷掣電一般，全身一顫，瞪大了眼睛。

接著，佐佐木學長雙膝跪地，抱住涼子小姐安眠的水槽。

「啊，看我做了什麼！」

翔子阿姨走近佐佐木學長，執起牧村先生的手，疊在佐佐木學長的手上，再把自己的手疊上去。

「你們兩個，別再固執了。我和小夜都知道，敦和瑞人失去了寶貴的視力，吃了多少苦。所以我以橘色新館小兒科護理長的身分，命令你們這兩個以前的病人，從今以後要以自己的意志，來決定自己的未來。」

兩人都沒有說話，但看得出重疊在一起的手漸漸注入了力道。

牧村先生開口：「東城大學不當地奪走了我的視力，這個事實令人震撼，但完全不影響我現在的感受，我的心中沒有憎恨。但是，我一直逃避去正視自己的感受，過去的我要自己相信，我是為了實現他人的願望而淨化自己，但敦的話打破了我的自我欺騙。所以，敦，我要拜託你，為了實現他們的願望，需要你的力量，請你協助我們吧！」

佐佐木學長緊緊地抱住了牧村先生，一再用力點頭，接著他放開牧村先生並立正，行了個禮：「遵命！」

我看著兩人，心胸熱血澎湃。

天窗灑下的月光，照亮了聚集在地下室大廳的人們。

突然間，天上降下悲切卻凜冽的鋼琴旋律。佐佐木學長驚訝地睜大眼睛，望向地下室的神殿，水槽宛如回應那天籟般的旋律，幽幽散發光芒。

這天夜晚，東城大學長年來的恩怨情仇交織激盪，消融於月光之中。

第9章

7月13日(四)

眼不見，不評斷。

片刻後，後續部隊抵達了，是平沼父子、三田村、忍及拓五個人。

就這樣，雖然只有短暫的一下子，但「生命」奪還計畫的成員都在「光塔」地下室到齊了。

「我獨斷進行心智移植後，涼子小姐也沒有變化，所以可能失敗了，但如今也沒有方法可以確定了。」佐佐木學長說。

這時，注視著超級電腦「母親」螢幕的拓開口：

「可以讓我檢查看看嗎？或許我能派上一些用場。」

「你願意協助，我很感激，可是你……」

「我沒有雙手，但只要安裝為ALS病患開發的軟體，就能用視線操縱滑鼠，沒問題的。」

散發出謙虛人品的拓果斷地說，他的話讓人相信他具有非凡的能力。

「我知道了，現在任何幫手我們都需要，那就拜託你了。」

「可惜我沒有『手』，」拓打趣說，眾人大笑起來，「還有，我會避免進入私人記憶領域。」

佐佐木學長露出鬆了一口氣的表情，忍從皮包取出光碟，交給佐佐木學長。安裝軟體後，拓坐到螢幕前，他的視線忙碌地移動，接連開啟程式。很快地，螢幕上出現兩個人影，是一男一女。

兩張臉我都看過，女子是在水槽中安眠的「溫蒂妮」──日比野涼子；男子則是佐佐木學長稱為「冰人」，上一刻剛離去的白衣男子。

「這是移植意識時的容器，在放入元素之前沒有臉，但隨著填入素材，面貌就會逐漸浮現，外表完成後，就表示心智移植也完成了。」

「咦，好厲害。」拓說。

「兩邊的意識來源完全不同，男的是從生體直接複製元素，但女的是蒐集在『母親』內部漂浮的資訊，因此以結構物來說，是截然不同的東西。」

「若要分析『產物』內容，短時間內做不到，但要檢查傳送目的地並不困難。我不會碰內容，就檢查一下系統。」

聽到這段對話，豪介爺爺說：「電腦的問題就交給忍的哥哥，你過來參加『生命』奪還計畫。」

佐佐木學長望向在桌上攤開來的「波塞頓號」船內平面圖，SAYO小姐詳細向牧村先生說明房間大小、通道長度及連接方式。

牧村先生說：「船的正中央有個混凝土圍繞的房間，因此船隻需要龐大的浮力，似乎把原本該有的內部結構徹底拆除了。接下來應該會做為運輸船使用，所以才能這樣改造，但規格相當離譜呢。」

眾人正等著牧村先生說下去，這時背後傳來拓的呼聲：

「『木馬』怎麼會在這裡？」拓面色蒼白，顫聲說。

佐佐木學長走近拓旁邊，從後面看向螢幕：

「我命令『母親』尋找能蒐集在她內部浮游的涼子小姐碎片的程式，她不曉得從哪裡找來的。我把它養在『母親』裡面，它半天就蒐集到重新建構意識所需要的全部資料了。多虧了這個程式，涼子小姐的心智移植在最後一刻趕上了，它叫『木馬』嗎？」

拓冷不防試圖用頭衝撞佐佐木學長，被佐佐木學長閃身躲過，拓整個人撲倒在地上。他翻過身仰躺，瞪向佐佐木學長：

「你這個小偷！我是它的主人！」

忍跑向拓，扶起他的上身說：

「居然偷走拓的寶貝『木馬』，你這個人差勁透了！」

拓暴跳如雷，忍氣得面紅耳赤，佐佐木學長對他們說：

「雖然這是『母親』擅自做出來的事，但還是對不起。我沒想到『母親』會駭入其他電腦竊取程式，從來沒有發生過這種事。」

平介叔叔打圓場說：「但這下就不必擔心拓的程式遭到濫用，可以放心了。」

拓漸漸鎮定下來，是因為發現歹徒並沒有惡意，鬆了一口氣吧。

「我一直擔心它會遭人惡用，你把它刪除就是了。」

「可是，『母親』好像很中意『木馬』，讓它寄生在系統內，它也嵌進涼子小姐意識的一部分了，所以或許沒辦法完全刪除。也就是說，就像粒線體那樣，『母親』把『木馬』吸收做為己用了。」

聽到這說明，拓不安地問：

「那麼，『木馬』有可能擴散到全世界？」

「我覺得這個可能性很低，因為『母親』似乎只把『木馬』植入『涼子』身上，並沒有放進『冰人』身上。」

聽到這話，拓放下心來，重新坐回椅子。他的視線忙碌地左右穿梭，滑鼠在螢幕上躍動，開啟各種視窗，不斷地重疊上去。不久後，拓說：

「你犯了天大的疏失，你下令搬運兩人份的意識，但命令混雜在一起，最後只搬運了一人份。一人份已經搬運到建築物外面代號『士兵』的對象上面，卻沒有搬運到建築物裡的『溫蒂妮』裡面。」

「什麼意思？」忍問，拓回答：

「『母親』裡面有『冰人』和『涼子』。指令是將『冰人』移植到『士兵』，將『涼子』移植到『溫蒂妮』。但是在對『士兵』進行心智移植的時候，對於『母親』當中的兩個意識體，『士兵』似乎拒絕了『冰人』，選擇了『涼子』。結果『冰人』無處可去，只好試圖進入『溫蒂妮』，卻也遭到『溫蒂妮』拒絕，因此自閉在超級電腦當中了。」

「我聽得一頭霧水耶。」我說，拓微笑說：

「在進行心智移植的時候，『士兵』在『母親』當中的兩個意識體裡面，選擇了『涼子』。結果『冰人』無處可去，別無選擇，想要進入『溫蒂妮』，卻也遭到她的拒絕，所以關在『母親』裡面了。這一切都是『士兵』，也就是『生命』從兩個意識當中選擇了『涼子』的結果呢。」

豪介爺爺聞言拍了拍手：

「說什麼世界的森羅萬象都能夠解析，這只是瘋狂科學家的胡言亂語，世上確實是有不可思議的神祕之事。咱們旁人在這裡吵吵鬧鬧，討論巨大嬰兒的心怎麼樣，也談不出個結果。我們要把嬰兒從邪惡的爪牙手中救出來。至於裡面裝了些什麼，等救出嬰兒之後再來慢慢想吧！」

「不好意思，『生命』已經不是嬰兒了，他會自己走路，也開始會說話了。」

美智子大力抗議，豪介爺爺道歉說：

「抱歉，畢竟我還沒看過他本人，『眼不見，不評論』啊。」

「豪介先生說的沒錯，來想想現在我們能做什麼吧！首先是把奪還計畫包藏進『生命』的運送計畫裡面。再來是調查如果阻斷與『母親』連線時的『生命』的迴路，會造成什麼影響。『生命』目前正與『母親』連接通訊，若是阻斷『母親』，有可能導致他的精神崩潰。如果預先檢查之後，發現會造成危及性命的影響，就必須變更運送計畫了。」牧村先生總結說。

「『生命』的精神會崩壞？這是什麼意思？」美智子激動起來。

「只是有這個可能性而已，不用擔心。」我說，但這話顯然完全安撫不了美智子。

「先阻斷和『母親』的連線，再來是搬運計畫，但我先想到搬運計畫的點子了。平沼先生，現在製作所有可以使用的潛水艇嗎？」

被牧村先生這麼一問，豪介爺爺的神情沉了下來：

「舊型的『深海七千號』借給東城大學海洋研究所了，現在正在鄂霍次克海探查，新型的『深海一萬號』交給NASA，我不曉得它現在在哪裡做什麼。」

「太可惜了，如果有潛水艇就太好了……」

這時平介叔叔說：「老爸，倉庫裡不是還有一艘嗎？『深海五千號』。」

「是沒錯，可是那種舊型的笨東西……」豪介爺爺含糊其詞。

「有嗎？」牧村先生再次確認，豪介爺爺勉為其難地點點頭：

「那是潛水艇的初號機，是已經過了耐用年限的廢鐵，我正打算丟進熔礦爐裡熔掉，拿來做新型『深海一萬兩千號』的母體。那是二十年前的初號機，所以體型是最新款的兩倍大，動作又粗笨，是團沒用的鐵塊啊。」

「太棒了，完全符合我要的條件。敦，我要跟平沼先生擬定奪還計畫，你去思考阻斷『生命』和『母親』連線的計畫。」

牧村先生說完，和ＳＡＹＯ小姐還有平沼一家三口上去一樓了。

留在地下室的，是「母親」連線阻斷計畫團隊，成員有佐佐木學長、翔子阿姨、我、美智子、三田村、忍和拓共七人。

「切斷『生命』和『母親』的連線，是不是就像切斷臍帶啊？」

我悄聲說，美智子搖搖頭：

「不對，一定就是把那個像鐵盔的頭罩拿掉。」

「可是赤木醫生正在拚命加緊實驗，應該很困難吧。」

佐佐木學長說，美智子冰冷地問：

「赤木醫生現在到底在做什麼研究？」

「好像是在移植心智以後，給予前所未有的刺激，來調查移植後的心智反應，藉此來解開一般的心因性反應的本質。」

「要怎麼做，那個叫赤木醫生的人才能完成實驗？」忍單刀直入地問。

完全不廢話，這一點跟爸爸如出一轍，不愧是父女。

「他是要讓『生命』看到前所未見的特別事物，調查『生命』驚訝時的腦波狀況嗎？」佐佐木學長說。

「可是『生命』是新物種，應該跟人類不一樣吧？」

「所以或許步驟是，在展示『前所未見的特別事物』時，先讓一般人看，接著再讓『生命』看，比較兩者的腦波差異。但是找不到那種東西，所以赤木醫生才會頭痛不已。」

「這也是當然的，就是因為難得一見，才會是『前所未見的特別事物』……」我附和著。

這時忍抬起頭說：「什麼啊，這樣就行了嗎？那麼問題已經解決了。」她走到房間角落，打開黑色包包。

回頭一看，忍已經戴上了銀色假髮，拿起兒童小提琴。

美智子生氣地說：「都什麼節骨眼了，妳卻要做街頭表演？沒時間搞這些了，妳的小提琴是拉得很棒……」

美智子還要繼續抗議，忍伸出食指抵住她的嘴唇，說：

「噓，安靜，百聞不如一見。」

她挺直背脊，拿好小提琴，一口氣釋放右手的弓。

是一首熱情的曲子——〈流浪者之歌〉，就連原本還在抗議的美智子，也在不知不覺間沉醉在曲子當中。

一會兒後，我用手肘輕推美智子的側腹部。

「幹麼啦？正演奏到精采的地方，不要吵我。」

美智子小聲說，我對著她指示忍演奏的身姿，美智子瞠目結舌。

銀髮的「無弓妖精」持續著熱情的演奏。

但她的右手沒有拿弓。

手臂的動作，只是划過小提琴弦上的虛空，然而我們都沉醉在她的「演奏」當中。

拉完曲子後，忍深深一鞠躬。可是沒有半點掌聲，場子一片寂靜。

「這到底是……」佐佐木學長茫然地喃喃說。我為他解釋：

「這好像是一種『共感覺』，不過沒有正式檢查過。然後，還有另一個人也擁有這種能力。」

「是小夜小姐，對吧？」佐佐木學長低聲喃喃，在場的人立刻都理解了。因為眾人才剛聽過SAYO小姐的歌聲而已。

「喏，不覺得這完全符合『前所未見的特別事物』嗎？」忍得意地說。

擬定好計畫後，地下室的連線阻斷團隊上去一樓，「生命」奪還計畫小組也剛好討論完畢。我們彼此對望，臉上自然而然浮現笑容。因為看到彼此的表情，就知道兩邊的計畫都大功告成了。

豪介爺爺說：「就快日出了，大家一起膜拜日出，祈禱計畫成功吧！」

眾人聽從豪介爺爺的提議，魚貫走到未來醫學探索中心外面。

漫長的一天，以及無盡的長夜，終於即將告終了。

我們來到「光塔」前方遼闊的沙灘，朝霧彌漫中，遠方是漆黑的船影，汽笛聲響起，劃破朝霧。甲板上艦砲一字排開，高聳的船桅上飄揚著星條旗，是巨大軍艦——海神「波塞頓號」。

我想起東堂教授的臉，如此驚人的東西，不可能是在餘暇時間建造出來的。為了打造「加百列」和「波塞頓號」，東堂教授肯定付出了所有心力，那麼，東堂教授果然……凡事皆是如此，沒有看到實物，就無法做出正確的評價。

直至這時，我才第一次面對真正的敵人，刻骨銘心地認識到敵人的強大。

我們在黎明的海岸線見識了運輸戰艦波塞頓號的威容後，回到了「光塔」。

「一早就要跟東堂教授會面，在那之前，大家儘量睡一下吧。」牧村先生吩咐。

我一點都不睏，但去到鋪好被褥的二樓房間，頭一沾上枕頭就睡著了。

有人搖晃我的身體，我醒了過來。佐佐木學長正探頭看我：

「八點多了，你一定還很睏，不過起來吧。」

我撐起上半身，打了個大哈欠，接著模模糊糊地說「我一點都不睏」，把下一個哈欠憋在嘴裡。

下去一樓，其他人都到了，我是最後一個，桌上準備了熱狗麵包和盒裝牛奶。

「因為太臨時了，我只能準備這些，請大家將就吃一下吧。」

佐佐木學長說，豪介爺爺回應：「櫻宮大空襲以後，食物就只剩下白蘿蔔鬚。回想那個時代，這已經是山珍海味了。」

唔……豪介爺爺的回應每次都超級誇張。

吃過麵包，一口氣喝完牛奶，身體深處湧出了力氣。

快八點半，成員在未來醫學探索中心前面一字排開。接下來我們要去東城大學醫學院展開作戰，能行動的車子有三輛——平介叔叔的轎車、SAYO小姐的藍色雪佛蘭，還有翔子阿姨的豐田陸地巡洋艦。

「那個，我想坐雪佛蘭，可以嗎？」

沒想到三田村居然主動要求，人只要想改變，真的就可以改變。

「當然啦，上車上車，統統上車！反正到東城大學只要一下子，想坐哪台就坐哪台！」豪介爺爺催趕著。

第一個坐上藍色雪佛蘭的是痞子沼，接著三田村如同他自己說的，乘了上去。牧村先生當然也坐雪佛蘭，這下最搶手的一號車雪佛蘭就坐滿了。

第二受歡迎的是翔子阿姨的豐田陸地巡洋艦，豪介爺爺和忍說要坐，因為忍要坐這台，拓也跟著一起。翔子阿姨指名說：「敦是我的跑腿小弟吧？」所以佐佐木學長上了副駕，這下二號車也坐滿了。

我和美智子乘上大家撿剩的三號車。

「真不好意思，就只是台普通轎車。」平介叔叔說。

「如果要開在櫻宮市內，安全第一，而且俗話說撿剩的才有福氣。」我說，美智子喃喃道：「薰有時候講話實在很像老頭子。」

我們才剛上轎車，領頭的ＳＡＹＯ小姐的雪佛蘭便尖嘯著飛馳而去。我可以想像三田村的靈魂被甩在後頭，嘴巴一開一合的模樣，也許他是對靈魂出竅的快感上了癮。

接著二號車豐田陸地巡洋艦催了幾下油門，衝刺追上去，十足不服輸的翔子阿姨作風。

待那輛車消失後，平介叔叔才轉動車鑰匙，引擎低調地轟隆隆響起。

「那麼我們也慢慢出發吧！」

三號車慢條斯理地發車，後照鏡裡，反射著朝陽的銀色「光塔」亮了一下。

第10章

7月14日（五）

老人洗冷水，

也太輕鬆。

七月十四日是法國的國慶日，約兩百三十年前的這一天，巴黎市民攻占巴士底監獄，揭開了革命的序幕。在這個對歷史宅來說意義重大的日子，做出宛如革命的壯舉，真令我感慨萬千。我們不到九點就在校長室前全體集合，讓前來上班的高階校長瞪圓了眼睛。

「一大早就全聚在這兒，是怎麼了嗎？──如果我這麼問就太不知趣了呢。咦，連佐佐木同學也在？看來你的詛咒已經解開了。」

「那個時候真對不起，都是因為我，毀了老師們的作戰。」

佐佐木學長深深行禮，高階校長和藹地微笑：

「過去的事就別計較了，你願意再次為我們奉獻力量，就已經足夠了。」

我眼尖地發現，佐佐木學長聽到這話，表情閃過一絲陰霾。

「咦，又看到懷念的老面孔了，妳不是以前在橘色新館上班的濱田小夜嗎？跟妳在一起的青年，是那時候的眼癌病患，我記得他叫……」

「我是牧村瑞人，校長還記得我嗎？」

「當然記得，那時候可是鬧得滿城風雨呢。對了，也有不少第一次看到的面孔，可以替我介紹一下嗎？」

「校長，今天沒點心吃嗎？」痞子沼上前一步。

「對不起，上次被你吃完，點心櫃都空了，我會再補充。」

「拜託囉，校長。我來介紹我爺爺和我爸爸，他們是平沼製作所的會長和社長。」

接著輪到我介紹：「這位是我的異卵雙胞胎妹妹山咲忍，還有她的繼兄青井拓。」

俐落地介紹完新面孔後，牧村先生代表我們開口：

「我們想請東堂教授協助我們的作戰計畫。」

「東堂教授和田口教授在滿天餐廳吃早餐，很快就會過來了。」

話聲剛落，門就「砰」地一道巨響打開來，戴著牛仔帽的東堂教授大搖大擺、威風凜凜地走進房間。

「My boss真是太謙虛了，田口Don，您現在已經登上了教授的最高位，應該要對抗高階權……呃，這些人是怎麼啦？Oh，站在那裡的不是『叛徒少年』嗎？居然潛入敵營中樞，真是天不怕地不怕，可怕的young gun（年輕人）！」

「他本人已經反省了，請原諒他吧。」牧村先生打圓場說。

「You又是哪位？」

「我叫牧村，是便利屋『4S代理店』的人。我接到奪回『生命』的委託，經過一番研究，找到了像針孔一樣小的可行之路。為了讓計畫成功，東堂教授的協助不可或缺。」

牧村先生一說完，東堂教授便開口：

「嗯，對me的評價這麼高，真是splendid，只要是me做得到的事，me都會協助，不過做不到的事，就幫不上忙啦。You到底要me做什麼呢？」

即使是天經地義的話，被東堂教授裝模作樣地一說，也變得可疑萬分。

「今早，裝載大容量CT．MRI複合機『漂浮加百列』的運輸戰艦波塞頓號靠岸了，首先我們想要參觀一下船上。」

「哈哈哈！you 真是個有意思的 guy。那是美國的軍艦，美軍以外的人是不能隨便上船的。」

「但波塞頓號是專門改造來運送『漂浮加百列』的運輸艦，東堂教授是這次檢查的最高負責人，以您的權限，讓我們上船應該是輕而易舉的事吧？當然，我不要求讓我們全部人上船，只要兩三個人就可以了。」

東堂教授抱起胸膛，瞄了一眼旁邊的田口教授，田口教授輕輕點頭。

「Me 要登上波塞頓號設定MRI，那就挑三個人擔任 me 的助手上船好了。好了，誰要跟 me 一起上船呢……？」

豪介爺爺聞言，雙手攬住兒子平介叔叔和孫子雄介，上前一步說：

「就我們三個吧，從作戰來看，我們是最有效率的人選。」

東堂教授打量三人，指著豪介爺爺說：

「這兩個OK，但 you 行嗎？日本諺語說，『老人洗冷水，也太輕鬆』。」

「看來你在外國住太久，已經忘記日本精神了。那句諺語你完全記錯了，正確的是『老人洗冷水，怒髮衝冠』。」

不，兩邊都錯了，正確的諺語是「老人洗冷水，自不量力」才對吧？

瞪著豪介爺爺的東堂教授很快地咧嘴一笑：「這樣啊，真是個好玩的老爺爺。好吧，你們三個就擔任me的助手上船吧！」

豪介爺爺向牧村先生豎起拇指，一旁的平介叔叔嘆了一口氣：

「為什麼我老是遇到這種事？我只想平凡地過日子啊。」

「有我陪著，你就當作上了大船，放一百個心吧，爸。」痞子沼用力拍了父親的背一下。看著這幕景象，我的腦中閃過「隔代遺傳」這個醫學詞彙。

「Oh，上船時間就快到了，對了，you也一起來。」

眾人都吃了一驚，這也是當然的，因為東堂教授指名的是他稱為叛徒的佐佐木學長。

「上次you背叛，令人火大，不過反過來說，這表示you膽識過人，只要成了自己人，就格外可靠。船上可能會發生一些不測的狀況，you這樣的人才很寶貴。」

「好的，請等我五分鐘。我是分隊隊長，得把計畫向其他人交代一下。」

佐佐木學長說，把我拉到房間角落。

「薰，東堂教授很危險。他想把熟知未來醫學探索中心的我帶走，遠離『光塔』。東堂教授想要把我跟『母親』分開。」

「為什麼？」

「『母親』也是『生命』的監視人，也就是說，或許他想要除掉監視。目的是什麼？應該是要把『生命』帶去美國吧。」

「怎麼可能！」我一陣驚愕。

「東堂教授一到日本，就把小原女士和赤木醫生打得落花流水。那個時候，他就理解『生命』的學術價值了。如果說計畫是要用東堂教授帶來的運輸戰艦波塞頓號，直接把『生命』帶走，一切都說得通了。要是『生命』上了那艘可怕的戰艦，就不可能再搶回來了。所以絕對不能讓『生命』上去波塞頓號。」

「就算你這麼說，也已經無計可施了吧？」

「沒問題，我有法子，所以現在必須把分開來的『奪還計畫』和『阻斷作戰』統籌在一起。能夠扛起這個大任的，很可惜，就只有你而已。」

咦！突然就要把這麼重要的任務丟到我頭上嗎？先生？

我拚命把佐佐木學長告訴我的行動記進腦袋裡，這時等得不耐煩的東堂教授催促：「嘿，叛徒少年，you 要讓 me 等多久？」

「抱歉，這小子腦子不太好，教不會，不過已經講完了。」

為什麼我得像這樣遭受不當的貶低？這個世界待我太不公平了。

「那麼，第一分隊出發！」豪介爺爺擅自指揮，率領其他三人跟著東堂教授離開了。高階校長對剩下的我們說：

「我要怎麼幫忙留下來的各位？」

「第二和第三部隊不需要特別幫忙，我們要離開了。」我說。

「我等你們的好消息。」田口教授向我們道別。

我們經過前往停車場的小徑，和先出發的平介叔叔的轎車擦身而過。東堂教授大搖大擺坐在副駕，豪介爺爺交抱著手臂，氣勢十足地坐在後車座中間，右邊的佐佐木學長一臉憂鬱地看著窗外，左邊的痞子沼向我們揮手。這些成員的個性也太強烈了，我正這麼想，一號車已經開下坡道，從視野中消失了。

在通往橘色新館的岔路，翔子阿姨說：

「時隔這麼久再見到妳，我好開心，小夜。我還得上日班，所以先在這裡道別。等這場混亂結束後，再一起去吃個飯吧！」

「好啊，翔子，我很期待。」SAYO小姐說，兩人緊緊擁抱。

「不可以太亂來喔，妳的歌聲很厲害的。」

「別擔心，和師父比起來，我還不到家。」

翔子阿姨對美智子和三田村說：「你們來橘色新館幫忙準備安置『生命』吧。」

美智子匆匆跟著翔子阿姨過去，三田村追上美智子。

因此，二號車陸地巡洋艦留在原地待命。剩下的牧村先生、我、忍還有拓四個人是「母親」連線阻斷部隊，乘上三號車——SAYO小姐的藍色雪佛蘭。我和忍一上車就上身前傾，為飆車做準備，拓詫異地看著我們這副模樣。

下一秒，拓整個人往後倒去，頭彷彿被留在停車場，幾乎失去意識。

SAYO小姐的藍色雪佛蘭就像一道閃電，一口氣衝下山。

藍色閃電離去後，櫻宮丘陵的小鳥啁啾啼叫。

∵

十分鐘後，SAYO小姐的藍色閃電號抵達了櫻宮岬盡頭的未來醫學探索中心，車速越來越快了，感覺最後會進化成瞬間移動。

腦袋被甩在後頭的拓，在停車五秒鐘之後取回了頭部，「噗」一聲恢復了呼吸。我們五人下車，進入未來醫學探索中心。拓坐到「母親」的螢幕前，眨了眨眼睛。「母親」啟動，視窗紛紛冒出來又消失。

「準備完成了。」拓說，牧村先生靠到他旁邊說：「雖然想聽小夜唱歌，但我來協助拓吧。」

「我隨時可以唱歌給你聽，你就忍耐一下吧。」SAYO小姐微笑。

我領著忍和SAYO小姐兩位美女離開「光塔」，沿著從塔側面延伸而出的粗電纜，來到了「心房」。

「你好，我是曾根崎，我來是想向赤木醫生提供建議，請讓我進去。」

我大聲叫門，一會兒後門打開來，憔悴萬分的赤木醫生站在門內，摩艾像般的魁梧身體看起來似乎縮水了一些。

「進藤同學不在嗎？她應該從今天開始來照顧『生命』才對。」

「美智子臨時有急事，我替她過來。」

「老大去跟波塞頓號打招呼，下午一點以後才會回來。」赤木醫生說。

「美智子拜託我照顧『生命』，請讓我進去。」

「曾自然有辦法照顧現在的他嗎？他出生過了快三個月，身高變成兩倍，體重變成六倍以上，而且已經會說一些單字了。」

「我沒辦法照顧『生命』，我今天過來，是為了把佐佐木學長的話轉達給赤木醫生。」

「救援手佐佐木幹麼拜託曾自然你傳話？」

「他指示我介紹朋友給遇上瓶頸的赤木醫生，她們應該可以為醫生的研究有所貢獻，一個是我妹妹，另一個是我妹妹認識的歌手。」

「這麼說來，連假的時候我見過你妹妹，另一位小姐則是第一次見面，不過這兩位怎麼能讓我的研究有所突破？再說，曾自然不曉得我現在正為什麼問題而苦惱吧？」

「我聽佐佐木學長說了，他說赤木醫生想要讓『生命』體驗『前所未見的特別事物』，來檢查腦波。」

「嗚，佐佐木意外地大嘴巴呢，沒想到他連這麼重要的事都說出來了。」

「我認為佐佐木學長是真心想要協助赤木醫生的心智移植研究。所以就像俗話說的『溺水的人連一根稻草都想抓』，他抓住了我這根稻草，沒想到這根稻草是『稻草富翁』[6]的稻草。」

「救援手佐佐木真心想幫忙我的研究，他的好意我理解了。那麼，這兩位美女要如何協助我的研究？」

「百聞不如一見，請赤木醫生直接見識再做決定吧。」

「好，確實，溺水的我現在連根稻草都想抓。等一下，我先拿下連接『生命』的頭罩，若是弄錯順序，有可能會破壞他的意識。」

從外部阻斷連線，果然有可能毀掉「生命」的心——了解到這件事，我稍稍鬆

6. 譯註：「稻草富翁」（わらしべ長者）是一則日本民間故事，描述某個窮人用稻草以物易物，最後成為大富翁的故事。

了一口氣。

赤木醫生爬上坐在椅子上的「生命」旁邊的工作梯，拔掉插在頭罩上的電極。右半球十八根，左半球一樣十八根，前後花了五分鐘，才拆除總共三十六根的電極。「生命」閉著眼睛，任憑處置，他看起來對外界毫無興趣。

不久後，摘下頭罩的「生命」微微睜眼看向我，他注視了片刻，但眼皮再次沉重地垂下。赤木醫生幹勁十足地說：

「這個我來戴，好了，讓我見識『前所未見的特別事物』吧！」

赤木醫生戴上頭罩，在「生命」旁邊的小椅子坐下來。說是小椅子，但赤木醫生坐上去仍綽有餘裕，因此其實相當大。令人驚異的是，剛才「生命」戴著的頭罩，居然完全吻合赤木醫生的頭——原來赤木醫生是個超級大頭鬼。

我甩開雜念，向忍打信號。忍從腳邊的包包取出銀色假髮戴上，接著她擺好小提琴，架上琴弓。

「喂，你說的『前所未見的特別事物』，該不會是戴假髮的扮裝少女拉小提琴吧？」

「噯，你看就是了，不過別閉上眼睛，好好地看著演奏者。」

赤木醫生點點頭，頭罩差點滑下來，他連忙用雙手扶住。

我準備好手機的錄影功能，忍將弓按在弦上，深呼吸之後開始拉琴。是忍最拿手的曲子，小提琴名家薩拉沙泰的名曲〈流浪者之歌〉。

演奏一開始，赤木醫生的表情便轉為嚴肅，他似乎對古典音樂有一些造詣。

忍演奏完畢後，赤木醫生用力拍手。

「〈流浪者之歌〉是我最喜歡的曲子，演奏確實很精采，但如果要說這是『前所未見的特別事物』，就……」

「赤木醫生，你真的有仔細聽嗎？」

「當然有。」赤木醫生點點頭。我走近他，用手機給他看影音網站的影片。

赤木醫生看了影片半晌，表情突然驟變：

「這女孩不用弓演奏？這怎麼可能……？」他目不轉睛地盯著螢幕。

「其實忍被稱為『無弓妖精』，在影音網站爆紅，非常有名。」

觀看次數超過百萬次的影片，是昨晚拓臨時做出來的假網站。

「喏，這是『前所未見的特別事物』吧？這個現象，可以用醫生的理論來解釋。我們接收到的刺激，全都在腦內透過神經元變換成電氣訊號，所以視覺和聽覺也有可能互相干擾，這就是共感覺的實例。其實另一位SAYO小姐也擁有另一種共感覺，要不要也一起看一下？」

「當、當、當啷囉。」就連在如此迫切的狀況，也要用這種無聊的方式搞笑一下，赤木醫生真是個鐵打的大叔。

一襲藍色禮服的SAYO小姐優雅地行了個禮。只要她站出來，任何地方都能化為舞台。天生的歌手SAYO小姐以清澈空靈的嗓音唱了起來：

♪　傻瓜海鞘睡呀睡　在深邃的海底安睡
你也和他乖乖睡　在我的懷抱裡安睡　♪

「噢！我知道這首歌，是幾年前來自櫻宮的大暢銷曲〈傻瓜海鞘搖籃曲〉。我有它的ＣＤ，不曉得收到哪裡去了，原來是她唱的嗎？」

「醫生看見『前所未見的特別事物』了嗎？」

「嗯，當然囉，深海中有傻瓜海鞘搖曳著，散發金黃色的光芒。居然一口氣找到兩個如此特殊的例子，簡直就像同時放暑假和春假。」

「她們兩人能為赤木醫生的研究做出貢獻嗎？」

「別說貢獻了，她們本身就是世紀大發現。我現在立刻重新幫『生命』戴上頭罩，請兩人演奏，進行比較腦波的實驗。曾自然真是我的救世主。」

大魚上鉤了，不過要是在這時候輕忽大意，會功虧一簣，凡事最重要的就是收尾。百獸之王獅子在獵物完全斷氣之前，都不會放鬆攻擊。我久違地想到了《厲害達爾文》的恰當實例，偏偏這種時候我的勁敵不在身邊，真是太可惜了。

但我打起精神，著手擊倒猛獸摩艾。

「赤木醫生就是人太好了，如果醫生做出研究結果，接下來就是兔死狗烹，等著被掃地出門。」

「可是小原室長威脅我，如果不做出研究結果，就要換救援手佐佐木當計畫主持人。」

「那是小原女士的老招了，藤田教授就是因為這樣被降級了對吧？雖然情勢曾經一度逆轉，但終究一樣是任由計畫團隊使喚的工友。下一個就輪到赤木醫生了。」

見赤木醫生的神色有異，我趁勝追擊：

「藤田教授就算被趕下主持人的位置，還是有財團的薪水可以領吧？他那樣根本就是穩賺不賠，他真的有在認真做研究嗎？我覺得很可疑。」

「唔，確實沒錯，交不出成果會被降級，但徹底淪落到那種地步，似乎也過得滿爽的。那你說，我該怎麼做才好？」

「『DAMEPO』那些人只想要赤木醫生的資料。醫生看過波塞頓號了嗎？他們打算等『生命』上去艦內，就直接出海，把他帶去美國。」

「這太荒唐了！」赤木醫生茫然呢喃。

「有太多證據了，明明是這種狀況，小原女士卻被邀請上戰艦接受招待，都這時間了還沒回來，也是證據之一。以禮貌性拜會而言，不覺得太久了嗎？」

「已經一點了嗎？的確太晚了。」赤木醫生顯得很不安。其實我偷聽到高階校長和東堂教授說話，知道東堂教授預計把小原女士留到中午過後。

「佐佐木學長發現其中的詭計了，以前東堂教授試圖奪走『心計畫』的指揮權，遭到佐佐木學長阻止，聽說後來他被『組織』高層痛罵了一頓。因為『組織』把波塞頓號內的指揮權交給東堂教授，命令教授檢查『生命』後，就載著『生命』直接回國，但這個計畫遭到佐佐木學長阻撓了。佐佐木學長想要把這件事告訴赤木醫生，但沒辦法直接通知你，所以才要我轉達。」

「居然有這麼荒唐的事……那我該怎麼做才好？」

我小聲在赤木醫生的耳邊說：「就當作醫生分析取得腦波之後，準備再次為『生命』裝上頭罩時，『生命』突然抓狂，弄壞頭罩就好了。」

「可是『生命』並沒有弄壞頭罩啊。」

「赤木醫生真是太一板一眼了，這樣是沒辦法出人頭地的。是不是『生命』弄壞的，又沒有目擊者，沒有人知道。就算赤木醫生現在破壞頭罩，真相也會永遠埋藏在黑暗當中。」

「可是這樣做的話，研究就沒辦法繼續了……」

「壞掉的頭罩或許要花上幾天才能修復，但總有一天會修好。即使他們用波塞頓號上的大容量CT．MRI複合機『漂浮加百列』拍攝影像，如果少了『生命』的腦波資料，他們也不可能留下寶貴的比較資料，只把『生命』帶走吧。」

「可是我的資料有可能被沒收。」

「只要赤木醫生把小原女士哄過去就行了，要不然把忍和SAYO小姐的事，還有資料的意義告訴她也行。這樣一來，小原女士應該就不會認為赤木醫生是在矇混，而且把真相告訴同樣受騙的小原女士，小原女士或許也會感謝醫生、支持醫生。」

赤木醫生雙手環胸，站了起來，一把摘下頭上的頭罩扔開。

接著他抓起金屬球棒高高舉起，一擊、二擊、三擊、四擊。

一眨眼，頭罩便徹底變形，線路斷裂，變成無法輕易修好的狀態後，劇烈喘氣的赤木醫生總算放開了金屬球棒。

「確實就像曾自然說的，我遭受的對待太不合理了。但這下就不會有問題了，對吧？」

「當然，美智子很快就要來了，就說因為有美智子幫忙，勉強安撫了『生命』就行。」

「曾自然，沒想到你意外地滿肚子壞水呢，不愧是世界級賽局理論翹楚的兒子。」赤木醫生喃喃道。

不，這個劇本是我朋友想出來的，不是我啦……

「生命」被扣上抓起球棒抓狂、弄壞頭罩的黑鍋，在吵鬧當中微微睜眼看著我們，但很快就閉上眼睛，安靜地睡著了。

這下子完美犯罪成立了，赤木醫生激動地四處亂踹，我對他說「有必要的話，隨時可以連絡忍和ＳＡＹＯ小姐」，告別了「心房」。

我回到未來醫學探索中心向牧村先生報告，彼此擊掌；至於拓，我們則是輕撞彼此的頭。

「我把『母親』和『生命』的連線完全破壞了，我已經想好一套說詞，就說那邊的電極破壞影響了這邊。」拓說。

「太完美了。」牧村先生拍手。

這下子，阻斷「母親」連線作戰大功告成了。

∴

中午過後，美智子和三田村一起搭公車來了。我說明截至目前的經過，美智子說「接下來交給我」，前往「心房」。

片刻後，平介叔叔和佐佐木學長回來了，他們說先讓豪介爺爺和痞子沼在製作所下車後才過來的。

「參觀過波塞頓號後，老爸摩拳擦掌。」平介叔叔報告說。

「聽到這話我就放心了，而且敦也在，應該不需要我們了吧。小夜，我們撤退吧。」牧村先生點點頭說。

SAYO小姐微笑：「有什麼事就連絡我們，我會飛車瞬間移動過來。」

我無力地乾笑：「哈哈哈。」SAYO小姐的話，真的有可能做到。

「忍、拓，要不要順便送你們回去？」

拓僵了一下，但立刻果斷地說：「麻煩了。」

東京組離開後，佐佐木學長留在塔裡，繼續處理拓留下的工作。

我報告了在「心房」的行動始末。

「你們也熬了一整晚，先回家吧！能休息的時候就該好好休息。」

我們聽從佐佐木學長的指示，實際上，我確實快累壞了。我和三田村決定跟平介叔叔一起去一趟平沼製作所再回家。

製作所的工房裡，豪介爺爺正拿著噴燈，臉上罩著焊接面罩，在等平介叔叔回來。

「好慢，太慢了，平介！沒時間了，快來幫忙！」

豪介爺爺背後，幾名像是員工的人忙碌地走來走去，每個人都聽從豪介爺爺的指揮行動。平介叔叔無力地笑了笑。

「雄介在主屋，你們去吃點零食吧。」聽到平介叔叔這麼說，我和三田村去了主屋，發現痞子沼正躺著在打電動。

「爺爺跟爸爸在揮汗勞動，你這個孫子兼兒子卻沉迷在電動中？未免太爽了吧？」我諷刺地說，但電玩畫面我有印象。

「啊，那不是捕捉傻瓜海鞘的遊戲嗎？好懷念喔。這麼說來，以前我也玩過一下。」

痞子沼咧嘴一笑：「虧你還記得啊，小薰薰。不過這次爺爺叫我破關的，不是我們以前對戰的深海關卡，而是淺灘探索任務。這麼初級的關卡，怎麼叫我這種神人級的高手來玩呢……」

痞子沼說著，靈活操縱搖桿，我在旁邊看他玩了半晌。看著他神乎其技的動作，苦澀的記憶復甦過來：這款遊戲我一次都沒有贏過痞子沼，覺得很不甘心。

吃了幾片桌上的煎餅後，我和三田村決定回家。

雖然也想過要不要去後山的祕密基地看一下，但「生命」早就不在洞穴裡，那裡空空盪盪，實在提不起勁過去。三田村似乎也是一樣的想法，沒有反對。

我和三田村乘上四班裡只有一班的「往櫻宮岬」的公車。經過「櫻宮中學」站，我在我家前面的「瑪丹娜公寓」下車，三田村從公車車窗向我揮手道別。

我雙手握拳，在胸前交叉。這個動作，是《超人巴克斯》裡「M88星雲勇氣的證明」。三田村一臉怔愣地看著我，這小子果然沒看《超人巴克斯》嗎？

我目送載著三田村的公車，直到它從視野消失。「三田村醫院」站，是這裡再過去的第三站，再下一站就是「櫻宮車站」。然後再繼續行駛二十分鐘，就會抵達櫻宮岬盡頭的未來醫學探索中心。

仔細想想，這一整天，我們就像鐘擺般在這之間來回奔波，之前更是從東京風馳電掣地衝回來，真的是拚命三郎般不遺餘力地奔走。

我打起精神，衝進電梯，現在我應該做的事，就是休息。雖然才傍晚而已，但我一回家就鑽進床上，一下子就睡著了。回想起來，昨晚幾乎通宵沒睡，這是當然的。

就這樣，我們再次展開的大冒險，即將迎向高潮結局了。但這時的我，沒有餘力去思考迫在眉睫的波瀾萬丈未來，只是沉浸在深邃的夢鄉裡。

第11章

7月15日(六)

叛徒的叛徒不是叛徒。

醒來一看，已經是早上八點了，我居然睡了十四個小時之久，簡直就像變回了小嬰兒。也因此我整個大遲到，我遷怒山咲阿姨：

「為什麼不叫醒我啦！今天要上學耶！」

「今天星期六，我怎麼知道你要上學？」

「今天要發回考卷，雖然是星期六，但上午要去學校啊！」

「我叫了你五次，是你自己睡得像死豬一樣的。」

山咲阿姨難得鼓起腮幫子抗議。我沒辦法，只得道歉，吃了山咲阿姨為我準備的早飯，嚼著鰺魚乾，滋味滲透全身每一個細胞。我討厭博物館的魚標本，所以一直不喜歡魚乾，但現在後悔不應該沒試過就基於成見排斥它。

就算現在匆匆忙忙，也來不及了，我任由藍色公車從眼前開過。下一班公車十五分鐘後才會來，我在家門前的公車站長椅坐下來，眺望周圍的景色。

天空蔚藍，豔陽刺眼，白色的積雨雲滾滾湧出。這幾天忙忙亂亂的，梅雨似乎不知不覺間結束了。藍色公車又到站了，我站起來乘上公車。

衝進教室，一臉睏倦的三田村向我舉起一手，美智子和痞子沼缺席。因為有臨時職員會議，第一堂課好像變成自習，因此我不算遲到，真幸運。

第一堂即將結束時，班導田中老師回來了。

「現在發回期末考考卷，進藤同學今天請假，三田村同學，請你幫忙。」

只是發回考卷而已，不用助手吧？同學們都這麼想。但這是三田村第一次被點名扛起大任，一臉緊張，發完考卷後，他鬆了一口氣回到座位。

「大家迫不及待放暑假前，有個驚喜禮物。現在櫻宮灣來了一艘美國戰艦，戰艦邀請大家上船參觀，集合時間是後天早上八點半，千萬不可以遲到喔！」

我在海邊看到那艘船了！櫻花電視台的新聞有報！討論聲此起彼落，因為維持教室秩序的美智子不在，大家不停地議論紛紛。下課鐘一響，田中老師便匆匆離開了。如果東堂教授牽涉其中，這個活動就相當可疑了，究竟是怎麼一回事呢？

自從「生命」作戰分頭並進以來，第一隊「奪還計畫」的狀況我就完全不清楚了。司令官牧村先生回去東京了，佐佐木學長對行動鬼祟的東堂教授疑神疑鬼，美智子和痞子沼也不在，我和三田村真是不安到了極點。

因為只是發回考卷而已，中午就放學了。

「三田村，你考得怎麼樣？」我問，三田村無力地笑：

「不出所料，再這樣下去，要靠推薦進入櫻宮學園很難。不管這個了，等一下要怎麼辦？」

「咦？你不用去補習嗎？」

「別說傻話了，你以為我怎麼會在對高中入學考至關重要的期末考拿到這麼可悲的成績？當然是因為我把全副精力都投注在搶回『生命』上面了。事到如今再去什麼補習班，還有意義嗎？你是領袖，你下達指示吧。」

「呃，好，我知道了。」我被三田村的氣勢壓倒，支吾地說。

「去東城大學的校長室吃茶點……還是算了，去痞子沼那裡吃零食玩電動……也不行，那就去未來醫學探索中心，請佐佐木學長招待點心……」

我一邊摸索下一步，一邊觀察三田村的臉色，結果三田村深深嘆了一口氣：

「我明白你有多想吃點心了，那我們去未來醫學探索中心吃點心好了。不過你明白吃完點心後該去哪裡吧，領袖？我們得去『心房』刺探敵情才行。」

咦！我啞口無言，聽他這麼一說，確實現在該去的地方就只有那裡。

三田村遇到「生命」，認識了許多人，有所成長。他本來就很聰明，現在加上行動力，簡直是所向無敵了。乾脆我們改名叫三田村團隊好了？這個念頭掠過腦際，但感覺現在說這種話，會讓三田村暴跳如雷，所以我還是乖乖閉嘴。

剛走到學校大門的公車站牌，公車馬上就來了。跟美智子一起的時候，經常會遇到一些小麻煩，但是和三田村一起，便一路順暢得驚人，走出教室三十分鐘後，我們就抵達了櫻宮岬。藍色公車的回程有兩種路線，「往櫻宮車站」和「往櫻宮岬」，前往櫻宮岬的班次，四班裡面只有一班。也就是說，我們遇到了一小時只有一班的車，而且從「櫻宮中學」到「櫻宮岬」的車程是四十分鐘，我們卻三十分鐘就到了。其實原因是我們乘坐的那班公車大幅落後表定時間，為了趕進度，開得比平常更快。

我們在終點站「櫻宮岬」的前一站「探索中心」下車，一路踱步到未來醫學探索中心。來到門前按下門鈴，卻沒有回應。

「好像沒有人呢。那，去『心房』看看吧。」

「啊，三田村，你早就知道佐佐木學長不在這裡對吧？」

「你連這都看不透嗎？現在『母親』和『生命』的連線中斷了，佐佐木學長白天待在這裡也沒有意義吧？」

唔，聽到這麼邏輯分明的說明，總覺得連這種天經地義的事都看不出來的自己真是有夠蠢——實際上我就是這麼蠢啦。

我不想去「心房」，因為教唆赤木醫生破壞頭罩的幕後黑手是我，而且事情才剛發生，犯罪現場還熱騰騰地冒著熱氣。想像中，赤木醫生正被小原女士罵得灰頭土臉，鬧得不可開交，而我這個真凶卻跑去露臉，很有可能會掃到颱風尾。

居然滿不在乎地要把我送入死地，三田村簡直就像《三國志》裡最冷血無情的軍師賈詡。三田村軍師大步走到「心房」前，按下門鈴：

「我幫進藤同學拿她的期末考考卷來，想要交給她本人，請讓我進去。」

啥，居然來這一招嗎，三田村？一時之間沒有回應，但不久後門開了。

屋內氣氛一片凍寒，宛如西伯利亞，雖然我也沒去過西伯利亞就是了。房間正中央，一身大紅套裝的小原女士正交抱著手臂，「生命」直接坐在地上，就像小熊維尼一樣，沒在吃蜂蜜都顯得不自然了。

美智子依偎在「生命」旁邊，輕拍著他的背；另一邊，佐佐木學長也抱著胳臂，靠牆站立；赤木醫生站在小原女士正面，垮著肩膀的模樣，就像被罰站的小朋友，腳邊掉著變形的頭罩。小原女士說：

「讓小朋友們見笑了，但也沒辦法。領取期末考考卷，是國中生的義務，我身為文科省的一分子，也不能拒絕他們的要求。」

三田村從書包取出裝著考卷的信封，遞給美智子說：

「我徹底輸了，四科都輸給休學了兩個月的進藤同學，只有數學一科贏妳。」

「只是碰巧猜題猜中而已，走運罷了。」美智子虛弱地說。

「事情辦完就快走吧。」小原女士說。

那麼，我們立刻撤退——我這麼想，三田村卻違背我的想法說：

「到底出了什麼事？氣氛很怪。」

「沒事，這跟局外人無關。」

「我們不是局外人，我們也都跟『生命』有關。」

「你們這幾個小毛頭，怎麼就是講不聽？他不叫『生命』，叫『心』。算了，看在你敢頂撞我的膽量上，告訴你狀況吧。我們計畫中重要的實驗儀器被破壞，無法繼續實驗了。」

「咦？這就是壞掉的頭罩嗎？確實被破壞得滿慘的，不像是人類幹出來的。」

我背稿似地說，小原女士狠瞪赤木醫生一眼說：

「虧你看得出來，聽說弄壞頭罩的是你們心愛的『心』。」

赤木醫生低著頭，渾身哆嗦，眼睛朝上偷瞄了我一眼。

不妙，沒想到赤木醫生膽小成這樣。我逼不得已，開口說：

「這頭罩被破壞的程度確實很驚人，人類不可能做出這種事。就算真的是人破壞的，一定是對這個機器恨之入骨。」

「我沒空聽你這個油頭滑腦的國中生在那裡廢話。對了，聽說你提供研究材料給赤木醫生？你怎麼會突然想要幫他？這太奇怪了。」

嗚哇，果然被質疑了，所以我才不想來的。既然如此，也只能用更多的謊來圓了。情勢所逼，我立下覺悟說：

「去年資料造假論文事件的時候，赤木醫生向幾乎一蹶不振的我伸出援手。對我來說，赤木醫生就像在地獄裡看到從天而降的一根蜘蛛絲，是被釋迦牟尼佛玩弄在掌心的孫悟空的觔斗雲。多虧了赤木醫生，我才能恢復到能夠再次抬頭挺胸表達意見的程度。聽到這個大恩人的研究遇到瓶頸，我想起了我妹妹，或許我妹妹有辦法解救赤木醫生的困境。一想到這裡，我實在是坐不住，便衝到這裡來了，後來的檢查結果有多麼劃時代，我想妳應該從赤木醫生那裡聽說了。」

「確實，結果相當驚人。但問題是，為什麼不立刻對『心』做同樣的實驗？」

「聽說SAYO小姐的歌聲，會釋放某類人壓抑的情緒，導致有時會引發破壞衝動。赤木醫生想要再次為『生命』戴上頭罩，結果『生命』卻突然抓狂，我猜就是這個緣故。」

「也就是說，你目擊了『心』抓狂破壞頭罩的現場？既然如此，為什麼不一開始就說出來？」

「呃，那是因為……」被戳中盲點，我忍不住結巴起來，信口開河，果然會自相矛盾。我後悔莫及，手足無措，結果一直沉默的佐佐木學長突然插嘴：

「因為這小子很卑鄙，只要看到苗頭不對，就會假裝沒看見。」

噢！多麼刀刀見骨的定罪，再怎麼說，這指控也太過分了吧？先生。

小原女士以狐疑的眼神看我，但我看出她似乎願意聽聽我怎麼說，接下來是勝負關鍵。要是在這裡走錯一步，不曉得懦弱的赤木醫生會如何說溜嘴。

我望向靠在牆上的佐佐木學長說：「佐佐木學長，既然都走到這一步了，我可以全說出來嗎？」

「呃，嗯，隨你的便。」

儘管這麼說，但佐佐木學長也顯得膽戰心驚，不知道我到底要說什麼。

「其實，我得知了東堂教授和『DAMEPO』的陰謀，所以我跑來找佐佐木學長商量，結果就演變成這樣了。」

「東堂的陰謀？你又要說那個吹牛王假冒『DAMEPO』代理人的事？」

「是更糟糕的事，我和美智子都覺得無法原諒。」

「居然糟到讓你們想要協助敵對的我們，那到底是什麼陰謀？」

「東堂教授打算檢查完『生命』之後，就把他帶去美國。」

「怎麼可能……？」說到一半，小原女士張口結舌。我煽風點火地說：

「小原女士，妳昨天去參觀了波塞頓號吧？妳不覺得用那艘軍艦，就可以輕易把『生命』載到美國去嗎？」

「確實，那艘船的話，可以載著『心』，輕鬆橫越太平洋……」

「我偷聽到這個陰謀，向佐佐木學長求救，學長想出了一個一石二鳥之計。也就是只取得赤木醫生的腦波資料，但暫時不取得『生命』的腦波資料。」

「給我等一下，那麼破壞機器的不是『心』，而是你們當中的誰嗎？」

真尖銳的指摘，不妙不妙，我又在情急之下隨口亂說了。

「就算是我，也不敢隨便破壞昂貴的機器。可是『生命』聽到SAYO小姐的歌聲，突然抓狂，抓起赤木醫生頭上的頭罩砸壞，這應該不需要證明吧？因為妳看頭罩壞掉的樣子，憑人類的力量實在不可能做到，除非是大猩猩還是什麼，才有那麼大的力氣。」

赤木醫生的表情變得微妙，是不高興我用大猩猩比喻他嗎？不妙，萬一這個人莫名的潔癖發作，抗議「我才不是大猩猩」，這局就玩完了。

但幸好發作被防堵於未然了。

「先不論弄壞機器的是不是『心』，如果『DAMEPO』想要搶先我，甚至把『心』帶去美國，那麼長時間無法對『心』進行檢查的現狀，反而是件好事嗎？原來如此啊。」

小原女士抱著手臂尋思了一會兒，接著抬頭說：

「我就相信赤木醫生好了。無法預見『心』失控，導致昂貴的裝置遭到破壞，令人遺憾，但這是對未知新物種的研究，過程中難免有些狀況，我就不予追究了。明天前，你用英文寫一份要給『DAMEPO』的悔過書交上來。」

「是！遵命！」赤木醫生跪地回應。

「幸好你願意向我坦白，這下東堂教授就成了我們共同的敵人了。需要的時候，我們聯手阻止那個巨型新物種被帶去美國吧！」

小原女士熱情地向我握手，我困惑不已。也就是說，叛徒的叛徒是自己人。

這時，一直看著我們的「生命」突然開口了：

「生命，討厭，帽子。」

這是我第一次聽到生命說話，以前美智子說「生命」會叫媽媽，但現在他說的不是單字，而是不折不扣的句子。

在場的眾人抬頭看向「生命」，「生命」正露出微笑。感覺「生命」理解我們的談話內容，同時也像是在告白因為他不喜歡，所以破壞了頭罩。「生命」這句話一錘定音，小原女士完全信了我瞎掰的情節。

面對這樣的狀況，胡謅的我自己比任何人都更驚訝。

「曾根崎剛才天花亂墜的大牛皮，真是讓我大開眼界。這就是俗話說的『三寸不爛之舌』啊，上了一課。」離開「心房」後，三田村說。

「聽起來一點都不像在稱讚耶，不過，確實是脫離了險境，感覺這下勉強可以撐到星期二了。」

「但也因為這樣，這下不好去東城大學露面了。」

「沒事啦，反正佐佐木學長隨時都可以連絡東堂教授，我跟你接下來也沒事要做，關於『生命』奪還計畫，好像也沒我們的戲份。」

「全部交給平沼家三代，沒問題嗎？」

「他們一家那麼可靠，我不擔心。」我說，就像要自己安心。

「看到『生命』說話，真的嚇了我一跳。」

三田村一直在寫「生命」的觀察日記，應該對他的成長速度很感動。

不過，故事應該很快就要迎向結局，我們卻在不知不覺間被納入了「小原計畫」，立場變得極為複雜。看在外人眼中，是不折不扣的雙重間諜。

在這樣的狀況下，下星期一櫻宮中學三年級受邀到波塞頓號參觀，不可能只是一場單純的參觀活動，風平浪靜地結束。

∴

七月十七日，星期一，大晴天。櫻宮中學的三年級生早上八點半在操場集合，分乘五輛遊覽車，前往參觀波塞頓號。美智子和痞子沼也來到學校，久違全員到齊的曾根崎團隊坐在後車座交頭接耳。

「欸，薰，今天的事，高階校長或田口教授有跟你說什麼嗎？」

「沒有，東城大學沒有任何消息。」我說。

痞子沼回應：「爺爺特別命令我，要把船上的格局全部記到腦袋裡。爺爺整天關在工廠跟爸爸討論，然後叫我打電動。」

看痞子沼這樣子，應該沒有我們上場的份，這樣真的沒問題嗎？

抵達櫻宮碼頭後，學生開始登上波塞頓號，每一班輪流上去甲板，五分鐘後下船換下一班。甲板上有報社記者，對著我們拍照。我們被帶到船體前方，穿軍服的人用英語說明，教英文的鈴木副校長幫忙翻譯，但美智子翻譯的比較好。船腹的門在眼前慢慢地放下來，出現一個空洞的大空間。

「船上載運的戰車和運輸車好像會從那裡登陸。」美智子為我們解說。

門關上後，參觀活動便結束了。我們正準備乘上遊覽車，田中老師對我們說：「他們說希望畢業旅行的G組學生留下來。」

我心想：「果然來了。」遊覽車離去，曾根崎團隊的四人留在碼頭。片刻後，一輛計程車過來，高階校長、田口教授和白鳥先生下了車。又來了另一輛計程車，一樣在眼前停下，現身的是紅牌女士小原、赤木醫生，以及佐佐木學長。這時，東堂教授從波塞頓號下來了。

「Me 要招待各位相關人員到艦橋，討論明天的檢查事宜，請往這邊走。」

東堂教授踩著雄糾糾、氣昂昂的腳步上船，我們魚貫跟在他後面。

「艦橋的景色，是只有艦長才能看到的風景，是一種特權，各位也盡情享受吧！」東堂教授神氣地說。

小原女士嗆道：「我身為管理巨型新物種的組織負責人，有許多事情忙著準備，討論請儘量簡短。」

「Oh！Fire lady 真是不屈不撓，直到最後一刻都要反抗 me 的安排，好一個虎姑婆。」

小原女士那種程度的發言就被形容成這樣，我覺得太誇張了，但東堂教授繼續說：「那麼 me 就回應要求，簡短說明明天的行程，不過各位只需要配合我們這邊的計畫行動就行了。」

「給我等一下，搬運『心』的往返行程，得聽我們這邊的安排。」

小原女士已經不顧形象了。

「戰艦只有美軍可以上船。明天因為是醫學方面的檢查，因此破例讓 fire lady、fire bird 還有獲得推薦的人上船，但美軍不容許自衛隊協助。」

「就算是這樣，我也不會眼睜睜讓你把那個巨型新物種帶去美國！」

「蛤？Fire lady，you 到底在說什麼？」

「少裝傻了，那個新物種是個寶山，若是研究順利，還可以用在開發生物武器上。」

「這確實很像『DAMEPO』會想到的事，但那個生物過於笨重，而且身形龐大，智力卻相當遲緩，最重要的是缺乏生殖機能，無法擴大同種的數量，所以對他進行軍事訓練也只是浪費資源。要是有人問 me 的意見，me 會忠告最好不要。即使在科學領域可以用他做出劃時代的研究，也沒必要當成國家政策去推動，有現在這樣的支援體制，就已經夠令人滿足了。」

東堂教授滔滔不絕，一下子就說動了小原女士，她真的太容易搞定了。

「既然釐清了 me 並沒有要帶走新物種，運輸工作就交給我們了。」

儘管東堂教授的邏輯天衣無縫，卻因為天衣無縫，更顯得可疑萬分，真的很奇妙。從這個意義來說，白鳥先生居然乖乖聆聽，沒有插嘴，同樣詭異極了。

一小時後，事前說明會（算嗎？）解散了。

將「生命」移送到中央影像診斷室的路線、讓他在檢查室坐下的方法、萬一他抓狂時該如何處理，一切安排都無可挑剔，原本摩拳擦掌的小原女士結果連一刀都沒砍出去。下船後，小原女士叫住我們國中生四人組。

「那個新物種是你們發現的，檢查之前，要不要再見他一面？」

美智子立刻說要，三田村想要陪美智子，也跟著點頭，但痞子沼卻說「我不想，我要先走了」，回家去了。我看不看都可以，但因為沒有果斷離去的勇氣、動機和氣概，便跟著美智子和三田村一起去。

「我可以幫忙拜託，讓你們陪著一起把新物種送到船上。」

「可是從剛才的討論看來，我們完全碰不到『生命』。」

「那個臭傢伙，隔離得這麼徹底，簡直太過分了。所以我昨天把赤木醫生的悔過書送去『DAMEPO』總部時，順便打了小報告，說東堂教授企圖把巨型新物種帶去自己的研究所，我想要阻止。」

捏造出這件事的我膽戰心驚地說：「那是『DAMEPO』高層的直接命令，妳說要阻止，會把狀況搞得很複雜的……」

「通常來說一定會吧——但是卻沒有演變成那樣，這就是我這個引掛七對寶牌單騎聽牌女王的真本事。手上有牌的人聽到聽牌，就會心慌，忍不住否認自己有牌。這次你的消息似乎是真的，『DAMEPO』接受了我的策略。文科省是代表日本的機關，所以我這個機關成員正面提出抗議，『DAMEPO』也不得不做出回應。」

小原女士不愧是腐敗的文科省官員——不對，好歹也是菁英文科省官員。小原女士繼續說：

「所以東堂教授的野望有一半已經瓦解了，但我不抱希望地申請搬運的隨行人員，沒想到輕易就獲得許可了。條件是登船者的總重量，我一個人手無縛雞之力，而且看總重的話，可以讓你們三個都上船，這個提議如何？」

「求之不得！」美智子當機立斷地回答。當然，她完全不考慮我們兩個跟班的意思。

「我就知道進藤同學一定會這麼說，那麼讓我量一下你們三個的體重，好進行上船登記。萬一上船前一刻要求測量，發現申請資料有問題，有可能會被駁回，所以最好先確實測量一下。」

「既然是三人的總重，三個人一起量就好了吧……？」

「這樣當然也可以，但也沒必要這麼麻煩吧？」小原女士咕噥著，拿出測量

「生命」體重時使用的體重計，確定我們三人都站上去，總重不超過一二〇公斤。這麼說來，以前要量「生命」的體重時，美智子也拒絕一起量。她又不胖，幹麼那麼害怕別人知道她的體重？真是個謎。

總之，曾根崎團隊就這樣再次被納入「小原計畫」了。

搬運工作從明天早上九點開始，因此我們預定八點半在「心房」集合。

仔細想想，奪還計畫的基本戰略，是趁檢查時的搬運工作期間搶回「生命」，所以等於又回到了最一開始的計畫。該不會就像大富翁遊戲一樣，回到起點休息一次吧？我有了不好的預感。

這天晚上我罕見地輾轉難眠，在床上翻來覆去，翻到窗外天色漸漸泛白。

七月十八日，星期二，命運分曉的這一天，一早就是個萬里無雲的大晴天。

我在這個一如往常的早晨，乘上和平常反方向的藍色公車。大部分都是遇到「往櫻宮車站」的車，今早來的卻是四班裡面只有一班的「往櫻宮海角」，今天很走運。下一站，美智子上了車，坐到我旁邊。我發現她跟平常不一樣，剪了一頭短鮑伯頭。

「妳剪頭髮了。」我說。

美智子點點頭：「想說越輕越好。」

就算剪頭髮，體重也差不了多少啊——我原本想這麼說，但沒有說出口。

去東城大學的時候，會在前面的「櫻宮十字路」站轉乘紅色公車，但今天繼續坐車右轉。「櫻宮車站」的前一站，是「三田村醫院」。

三田村在這裡上車，坐到我們前面的座位，接著他回頭說：「終於要開始了。」然後若無其事地補了句：「短頭髮很適合進藤同學。」

這出人意表的稱讚，讓美智子羞紅了臉，低下頭去。

公車在下一站「櫻宮車站」停車，乘客都下了車，只剩下我們三人。

短暫停留後，公車再次前進，二十分鐘後，抵達「探索中心」站。我們下了車，空掉的藍色公車揚長而去。時間是八點二十分，離約好的時間還有十分鐘。

我們一起走進組合屋「心房」，結果穿上新被單斗篷的「生命」一臉得意地看著我們，就好像要去進行「七五三參拜」[7]的小朋友。

美智子走過去，「生命」彎下腰來，伸出右手小指。美智子用雙手牢牢地握住那根小指。

「沒事的，『生命』，媽媽會陪著你，我保證。」

「生命」天真地微笑，喊了聲：「媽媽。」

一身鮮紅套裝的小原女士看著這一幕，拍了拍手：

「大家都準備好了嗎？要是那個驚天大叔跑來，我們要聯手痛擊他啊！」

容易得意忘形的我，忍不住舉起一手回應：「噢耶！」

7. 譯註：日本習俗，男孩會在三歲及五歲，女孩會在三歲及七歲的十一月十五日，盛裝打扮前往神社參拜，以慶祝成長，稱為「七五三」。

第12章

7月18日（二）

走到底才知道

是不是死路。

八點五十分，周圍開始吵鬧起來。我和三田村留下「生命」和美智子，走出戶外。一輛大型拖車由一台黑色凱迪拉克引領前來，在我們眼前停下來。

拖車貨斗載著一個球狀物體，球狀物體直徑約五公尺，上面附有履帶，我猜出應該是「生命」的搬運車，球狀車體看上去就宛如鋪紅毯的貨斗上的寶物。戴牛仔帽、穿皮革背心的東堂教授從引導的車子上走下來。

「Oh！還有十分鐘，但 fire lady 已經準備好了，不愧是掌握時間 accurate（精確）的 Japanese bureaucrat（日本官僚）。」

東堂教授張開雙手就要擁抱，小原女士閃身躲開，遞出一張紙。

「這是『DAMEPO』總部的命令書，之前都被你壓在地上打，現在我可要扳回一城了。」

東堂教授看到那張紙，眉頭擠出深紋，「oh」地呻吟：

「明白了，沒辦法，me 會聽從命令，預定要隨行的人是誰？」

「這邊有兩名，還有陪伴巨型新物種的一名，總共三名，嚴格遵守總重量一二〇公斤以內的限制。」

東堂教授看向我們，又「oh」地嘆了一口氣：

「多麼膚淺的 boys 和 girl，乖乖照著 me 的作戰走就好了啊……」

「哼！你的手段太奸詐，這些孩子們也看不下去了。接下來我等著看好戲，你做好覺悟吧！」

這時汽笛引吭響起，朝霧之中，海岸出現波塞頓號的威容。

「那艘戰艦那麼巨大，怎麼有辦法進到這樣的淺灘？」小原女士驚愕地說。

「看來 fire lady 都沒在聽 me 說明呢，波塞頓號是登陸作戰用的運輸船兼砲艦，所以船底是平的，可以靠岸在淺灘。」

船體前方的門在眼前打開來，「砰」一聲放倒，立刻變身為通往入口的跳板。

「那麼，請讓巨型新物種乘上這邊的搬運用小型登陸車。」

「心房」的門打開來，「生命」在美智子牽引下現身。那副模樣，就好像即將參加入學典禮的小學新生第一天上學。

「生命」東張西望看著周圍，這麼說來，或許這是「生命」第一次看到戶外的景色。剛孵化之後被搬運時，他在卡車貨斗上被白布蓋著，被自衛隊突擊部隊綁走時，也被關在大型拖車的貨櫃裡。

可能是因為和美智子一起，「生命」很穩定，走向球型搬運車。

「你們是負責陪伴的，也要一起過去。」小原女士說，我和三田村跟上去。

「生命」走到球形交通工具旁，上方的蓋子打開來，冒出一個戴護目鏡的老人。我差點驚叫：「啊！」連忙用雙手摀住嘴巴，三田村也做出一樣的動作。

「會長，根據合約，又追加了三名新的隨員，所以希望會長和社長從機器下來。」東堂教授說。

「要變更計畫？誰有權限撇下老子這個開發者，安插來路不明的隨員……」豪介爺爺說到一半，發現那說的正是我，閉上了嘴巴。同時我們也發現自己「闖進」了「生命」奪還計畫的核心，說不出話來。

但豪介爺爺不愧身經百戰，當機立斷：

「客人帶著隨從到了，平介，咱們老東西下去吧。」

「咦？這樣沒問題嗎？」平介叔叔說著探頭出來，看到我們，似乎立刻就領悟狀況了。看到兩人走下機器，小原女士一臉驚訝：

「不是說搬運工作由美軍負責嗎？我看操縱員怎麼是日本人？」

「哈哈哈！美軍沒有搭載搬運那個巨型新物種的機器過來，所以只好緊急委託日本廠商製作。」

「那你們也沒必要勉強上船了呢。」小原女士說。

正要踩上上方入口階梯的我和三田村定住了，呃，「生命」都已經進去裡面了，美智子也要跟著進去的時候，妳才突然講這種話……

「怎麼辦？曾根崎。」三田村說，豪介爺爺怒吼：

「拖拖拉拉些什麼！豆芽菜眼鏡仔，你不是決定去做你想做的事嗎！」

在洪鐘般的聲音推動下，三田村和我跳進機器裡。

「原、原來你們認識？一定是跟東堂串通的是吧！現在馬上給我下來！」

豪介爺爺待我們進去，吼道：「雄介，接下來交給你了！」關上蓋子。這時火焰女士小原衝到機器旁邊，臉貼在圓窗上，拍打著玻璃連呼：「給我停下來！」豪介爺爺想要拉開小原女士，但小原女士就像逮到獵物的章魚一樣，緊貼著不肯離開。

機器裡面也亂成一團，狹小的艙內裝進「生命」之後就沒有空間了，我、美智子還有三田村疊在一起，塞在縫隙間，宛如俄羅斯方塊。

坐在操縱席的痞子沼下令：「那麼，出發了！」

「痞子沼，你會操縱？」

「交給我吧！我就是為了今天，才一直打電動練習啊！」

什麼？把操縱潛艇當成打電動嗎？我嚇破膽了。蓋上蓋子後，就完全聽不見小原女士的叫罵了。

我看見貼在圓窗上不停拍打機體的小原女士後方，鋪在貨斗上的紅色地毯包了上來，將履帶機器包進裡面。

「這是『紅履毯』和『深海五千號』的合體機器，『扁口魚號』。」

外面的履帶喀啦啦開始動作，外側的地毯旋轉，滑下拖車貨斗，朝張開大口的登陸艦前進。像大章魚一樣貼在機體上的小原女士也不得不放開窗框離開了。本以為扁口魚號就要進入波塞頓號，沒想到它在前一刻改變了方向。

見機體嘩啦啦進入水中，我揚聲：

「喂，痞子沼，你怎麼開的？掉進海裡了啦！」

痞子沼握著方向盤，瞪著前方說：

「不，計畫就是這樣的，『扁口魚號』是在海底行走的機器，我們要用它帶走『生命』。」

「帶走？要帶去哪裡？」

「我哪知道？爺爺設定了自動操縱模式，叫我自己向『扁口魚號』問路。」

「噢，這台詞超帥的，痞子沼艦長！」

我稱讚說，痞子沼用側臉對我咧嘴笑。

就在這時，被鮮紅色履毯包住的「扁口魚號」已經沉入海中了。從圓窗往外看，大小各異、五彩繽紛的魚兒正自悠游著。

左邊是斷崖，是一片深不見底的深海，簡直就像《厲害達爾文》的場景。

「痞子沼，小心點，左邊有道很深的斷崖。」

「我知道，這裡是櫻宮海溝的邊緣，走錯一步，就會栽進五千公尺的深海。不過別擔心，機器有自動操縱程式。」

這時，球狀的「扁口魚號」突然劇烈搖晃，大大地傾斜，這道撞擊讓我和三田村彼此換了位。

「真的沒問題嗎？」三田村在我上方尖叫。

圓窗外就是深海底部，但痞子沼哼著歌回應：

「就算掉下海溝，『扁口魚號』是平沼製作所出品的潛水艇初號機『深海五千號』的合體機器，品質有保證，不必擔心。」

不，不是這個問題吧？我正想這麼說，頭上傳來啜泣聲。

「不怕喔，『生命』，媽媽就在這裡。」美智子這麼說，但她被壓在重疊的三人最底下，必殺技「拍拍背」沒辦法碰到「生命」的背。

「生命」深吸了一口氣，不妙！

「薰，拍『生命』的背！」

就算這樣說，我上面還壓著三田村……

下一秒，哇哇大哭在船內炸了開來。

我被震昏了過去。

醒過來時，船內一片漆黑，耳朵嗡嗡作響，看來「生命」後來仍哭個不停，駕駛座的痞子沼趴在方向盤上。我聽見細微的搖籃曲歌聲，扭身往上看去，美智子正在輕拍「生命」的背。

在那驚人的哭聲、那樣的大混亂，而且動彈不得的狀況下，美智子居然推開我和三田村，爬到了哭個不停的「生命」旁邊，母愛真是太偉大了。

「你一定嚇到了，可是沒事囉。」美智子細語。「生命」撒嬌地「噠」了一聲。我發現能看清楚船內的狀況，是因為「生命」的身體正散發出綠光。

我扭曲身體，爬到駕駛座，拍打痞子沼的肩膀。

「振作起來！你還好嗎？」我說，痞子沼直起身體。

「嚇死我了，不小心昏過去了。」

「美智子在幫忙哄『生命』，現在是什麼狀況？」

「自動操縱程式當機了，接下來得靠手動操縱，也就是由本大爺來駕駛。」

痞子沼說著，點了點面板，亮起幾盞紅燈。

「GPS和聲納正常，和『紅履毯』的連線也還在，除了『扁口魚號』的自動操縱功能，都沒有問題。唔，總有辦法吧。」

你也太樂觀了吧！我忍不住想，但痞子沼的無憂無慮，確實讓人內心篤定許多。這時痞子沼突然停止說話。

「等等，我們好像掉進海底洞穴了。」

「呃，出得去嗎？」

「我正在試。」

船體傾斜向上，我們的身體全都往後方壓過去。

「好、好難受……」被壓在「生命」龐然巨軀底下的三田村發出慘叫。

「『生命』，讓開一下！」美智子說，但根本無法動彈。

「生命」的身體忽然開始冒出藍光。

引擎聲響起，車體匡啷搖晃，隨著「哇啊啊」的慘叫聲，船體恢復成原本的位置了。「生命」也回到原先的位置，三田村脫離了危機。

「『生命』就不能變小一點嗎？」美智子提出無理的要求。

「要脫離這裡是沒辦法，但可以鑽進橫穴裡。」痞子沼說。

「這不是越陷越深的路數嗎？」

「我用聲納掃瞄，發現那個橫穴很深，而且是向上的，有逃出的機會。」

「但也有可能是死路吧？」三田村顫聲說。

「是不是死路，不走到盡頭不會知道吧？」

這確實是句名言，肯定是歷代探險家突破難關的智慧結晶。但同時，一定也是讓許多探險家步上毀滅之路的一句話。

「如果真的不行，讓履毯分離，『扁口魚號』就會變回潛水艇『深海五千號』，就能脫離洞穴了。不過我想先探索到極限。可以吧，小薰薰？」

突然被要求作主，我想了一下，立刻回答：

「交給你決定吧，痞子沼艦長。」

「就是該這樣！只要是《厲害達爾文》鐵粉，看到眼前有未知的洞窟，當然就要進去探險看看。那麼，往十一點方向出發！」

「扁口魚號」逐漸朝上方前進，「紅履毯」的自走能力似乎很強，一進入洞穴，速度立刻提升了。後座傳來三田村的慘叫，痞子沼吼回去：

「鬼叫鬼叫的很吵耶！去到不能再前進的地方，我會讓履毯分離，回到潛水艇模式返回原路。這些狀況我都已經預料到了，不用擔心啦。」

就算痞子沼這麼說，但這種狀況實在教人不得不擔心。

男生驚慌失措，但美智子用力抱緊「生命」，似乎心無旁鶩。現在「生命」的身體散發出綠光，我想起剛才三田村被壓在下面時，「生命」是散發藍光，我想到了一個假說。

看看時間，我們乘上自走潛水艇「扁口魚號」以後，已經過了快兩小時。

「痞子沼艦長，我們從海角移動了多遠？」我問。

「我不清楚正確數字，大概十公里吧。」

「那麼已經來到水族館附近了嗎？」我喃喃說，接著想到一個更重大的問題。

「對了，『扁口魚號』的氧氣還能維持多久？」

「大概八小時，喔，三田村期待已久的死路到了。」

順利平穩爬坡的「扁口魚號」停住了，前去無路。

「都走了這麼遠，現在才要折返嗎？」我不安地問。

痞子沼打開操縱面板，傳出「嗶空」一聲，出現綠色線圖。

「有通往上方的洞穴，約二十公尺高。我們移動了約十公里的距離，但深度並不深，只要往上前進，或許可以出去地上。那麼，值得在這裡將履毯分離，用潛水艇模式浮上去看看呢。」

「也可以折回原路。」三田村說。

「就算回去，一樣是在洞穴深底，反正都要把履毯分離，我想在這裡分離，去到能去的地方。與其回頭，倒不如前進！」

聲納「嗶空」、「嗶空」地在船內響個不停。

我說：「那就依照痞子沼艦長的提議，將履毯分離，把『扁口魚號』恢復成『深海五千號』，浮上洞穴。如果是死路，就折回原路。各位，這樣行吧？」

美智子和三田村點點頭。痞子沼艦長按下面板開關。轟隆聲響起，包裹著「扁口魚號」身軀的「紅履毯」脫離，在水中激起沙塵。

一片混濁的視野變得清澈後，眼前出現一條紅毯道路。

「現在從『紅履毯』分離，再見了，『扁口魚號』！」

「喀隆」一聲，船體左右搖擺，「深海五千號」從「紅履毯」分離，緩慢地向上浮起，以燈光照亮寬闊的直穴，附著在壁面的夜光蟲散發著光芒。如果上方被堵死，就得折回原路。

然而痞子沼卻哼著歌。當我聽出那是《厲害達爾文》的主題曲時，感到徹底的挫敗，身處這種狀況，我毫無餘裕去想到《厲害達爾文》。

挫敗的我、哼著歌的痞子沼、緊抱在一起的巨型新物種和他的母親、不知不覺間貼在圓窗上沉迷於外界生態系的模範生——舊式潛水艇「深海五千號」載著這五個各自不同的生命體，悠哉地浮上直穴。

不知道經過了多久，一段時間後，潛水艇浮出一個寬闊的空間。

「我們得救了呢。」美智子嘆息道。

「只是或許可以離開潛水艇而已。」痞子沼很冷靜。

他離開駕駛座，擠過我、三田村和美智子之間，爬到上方，用力旋轉天花板的圓形把手，蓋子「啵」一聲打開來。痞子沼的聲音迴響傳來：

「好像是一個洞窟，周圍一片漆黑，不過先出去看看吧。」

「離開潛水艇沒問題嗎？」三田村聲音發顫地問。

「順利的話，或許可以從這個洞穴出去外面，這裡是下船的第一站。」

「那我先出去看一下狀況。」我說。

沿著潛水艇外側的梯子走下去，水淹到膝蓋就踩到底了。

回頭一看，潛水艇「深海五千號」就像救生圈一樣搖擺著。

「好像沒問題，腳可以碰到地。」

「接著換三田村，然後是『生命』，再來是美智子，最後是我。」痞子沼指揮說。

這要是以前的三田村，一定會叫苦連天，怨聲載道，但也許是這一連串的風波，讓他蛻變成超級三田村，他毫不猶豫，「嘩啦」一聲跳到我旁邊來。

美智子先探頭出來看了一下，又把頭縮回去，接著冒出「生命」的大頭。

「生命」左右張望，發出「嗯叭」一聲。我感到納悶，為什麼在一片漆黑中，我卻看得到「生命」和美智子的臉？這才發現洞窟裡被夜光蟲和光蘚的光所籠罩，一片明亮。微光之中，「生命」從球狀潛水艇探出身體。

扭動身體掙扎著出來的模樣，就好像脫殼的蟬。

「生命」的身體往外探，「深海五千號」便慢慢地傾斜了。下一秒，「生命」整個人栽進水中，他深深地吸了一口氣，不妙。

我和三田村趕緊摀住耳朵。下一秒，哇哇大哭聲在洞窟裡嗡嗡迴響。他的哭聲穿過摀耳的手掌，直擊鼓膜，但因為已經有了心理準備，這次我們沒有被震暈。我和三田村抓住「生命」的身體，想把他拖上岸，但對方重達兩百公斤，實在不是件易事。而且「生命」離開後，潛水艇失去平衡，就像在暴風雨的大海中翻騰的救生圈，上下左右劇烈搖晃。從門口探頭出來的美智子尖叫：

「『生命』，救救媽媽！」

一聽到這聲音，「生命」立刻止住哭聲，倏地站了起來。

身高近三公尺的「生命」伸出雙手，牢牢地扶住左右劇烈晃動的「深海五千號」，結果球狀潛水艇立刻穩住了。

「生命」用右手抓起美智子，舉起手轉過身，把美智子輕輕地放到岸上，然後自己也爬上岸，一屁股在美智子旁邊坐下來，吸吮著拇指說了聲：「噠！」

「喂！『生命』！也救救我啊！」聽到這聲音回頭一看，美智子脫離後，搖晃得更劇烈的「深海五千號」的門口，痞子沼正抱著一個黑盒子大叫著。

「把盒子丟掉吧！」我大喊。痞子沼遲疑了一下，把黑盒子丟進海裡。我跳上劇烈搖晃的潛水艇，爬上梯子，揪住痞子沼的後衣領，把他拉出來。因為用力過猛，兩人都摔進了水裡，我們渾身溼答答地爬上岸去。

我大口喘氣，翻過身子往後看，只見側倒的「深海五千號」逐漸沒入水中，一邊冒出巨大的水泡，一邊沉入直穴深底。

「千鈞一髮。」我說，痞子沼一把揪住我的衣襟：

「薰，現在怎麼辦！把GPS丟掉，就沒辦法找到出口了！」

「難道我應該看著你跟GPS一起沉進海底嗎？」

聽到這話，痞子沼猛地回神。他恢復冷靜後，咧嘴一笑：

「抱歉，一時慌了手腳，要是連命都丟了，就算有GPS也沒屁用嘛。」

這小子真的膽識過人，可是一向吊兒郎當、老神在在的痞子沼居然會慌到動氣，讓我意識到現在面臨的危機有多嚴重，不禁愕然。曾根崎團隊的四人加上「生命」，站在洞穴地底湖的岸邊，茫然注視著起伏的湖面。

「我有點累了，讓我休息一下。」

痞子沼說，就地躺下來，沒多久便鼾聲大作起來。他三頭六臂大顯身手，疲憊是理所當然的事，但我實在佩服這種狀況下他居然睡得著。

但我自己也在不知不覺間，躺在洞窟裡的岸上睡著了。

不知道過了多久，我忽然醒來，環顧四周。

痞子沼躺成大字型，吸氣吐氣都在打鼾，三田村則趴在角落睡著了，另一邊，美智子像貓一樣蜷起身體，依偎在「生命」旁邊，每個人都睡得不省人事。

我深刻地想到，如果剛才「生命」沒有伸手救援美智子，一定會陷入大危機。

眼睛漸漸習慣黑暗了，我東張西望。光蘚和夜光蟲蒼白的光比一開始更強了，在這片幽光中，我發現了一個驚人的東西。

「喂，痞子沼，起來！」

我拍打痞子沼的臉頰，他揉著眼睛爬起來，睡眼惺忪地看我。

「幹麼啦，小薰薰，讓我再睡一下啦。」

「醒一醒，你看那個！」

還恍恍惚惚的痞子沼站起來，走近我指的東西並撿起來。

「這是……我們得救了嗎？」

那是我和痞子沼之前一路探險到洞穴深處時拉的黃色繩索線軸。

沒錯，這裡就是那個洞穴盡頭的地底湖。

我搖醒美智子和三田村，兩人醒來後，張望周圍，也發出歡呼。

別人一定無法體會，看到被沙子弄髒的黃色繩索，我們有多麼如釋重負吧。

因為只要循著繩索走下去，就能離開洞穴了。我們一下子跌進海底深淵，爬不出來，一下子抵達地下洞窟，才剛上岸潛水艇就沉沒，經歷了波瀾萬丈、千鈞一髮的情況，踩在腳一滑就會墜落鋼索般的小徑，終於找到了出口。

看到線軸時，我體認到什麼叫做「撥雲見日，絕處逢生」。弘法大師說，神佛無處不在，我覺得我生平第一次親身體認到大師的教導。

因為一直身在黑暗中，我們失去了時間感。

「根據我肚子的時鐘，現在是傍晚五點左右吧。」痞子沼自信十足地說，但他的瞎猜當然毫無可信度。

我們慢吞吞地走到「生命」孵化的廣場，明明只有短短二十五公尺的距離，卻整個人累到不行，是因為看到熟悉的地點，安心而卸下緊張的緣故吧。

「生命」可能是想起自己是在這裡孵化的，喊了聲「媽媽」。

這裡有運出「生命」時遺留在原地的被單，美智子把被單中央撕開一個圓洞，做了件斗篷。之前美智子因為「生命」緊急出手救援，所以身上沒有弄溼，但其他三人都落水而成了落湯雞。雖然時值夏天，洞穴裡依然讓人感到寒冷。

「啊，有佐佐木學長忘了帶走的『滾滾眼鏡君初號機』。」

用來監視「蛋」的自動攝影機，在最關鍵的孵化時刻沒有派上用場。

「它有電子時鐘，可以知道現在幾點。」痞子沼查看之後，發現居然是下午五點半。剛才痞子沼說五點，後來至少過了二十分鐘，等於他幾乎精確地說中時間，痞子沼的肚子時鐘真是太可怕了。

「等天色再暗一點，就去祕密基地拿食物和衣物。」痞子沼說。

這麼說來，祕密基地儲備了不少食物，祕密基地萬歲！

「也帶上『生命』，大家一起去吧！」美智子說。

「不行，他的大塊頭太招搖，而且他只要一哭，馬上就會被人發現我們在這裡了。」

「那往後要怎麼辦？」

「只能讓他繼續回去橘色新館了吧。」我說。

痞子沼指出問題：「可是上次用小卡車載就行了，現在得出動大型托車才有辦法耶。」

「說的也是，可是，也只能向東城大學的老師們和白鳥先生求救了啊。」

「我爸媽一定很擔心，我可以打電話回家嗎？」美智子怯怯地說。

「不行，出盡洋相的自衛隊和美軍一定正使出竊聽和反偵測等一切手段，追查我們的去向。要是在這時候打手機回家，就會被發現我們在哪裡，『生命』會被帶走。」痞子沼當下反對。

美智子戀戀不捨地看著手機，聳了聳肩：

「老天爺好像也叫我照著你的話做，手機沒電了。」

我和三田村更慘，手機因為泡水而壞掉了。

這時，我發現了更基本的事實：

「都忘了，洞穴裡沒有訊號。」

四人同時虛脫了，痞子沼振作起來說：

「餓肚子沒辦法上戰場，先去祕密基地拿食物吧！」

我有一瞬間擔心不會有問題嗎？但也沒有其他法子，因此無人反對。

痞子沼往出口走去，他的人影消失後，剩下的三人抱著膝蓋，靠在洞穴牆上。美智子依偎著「生命」，輕拍他的背。

「剛才還以為完蛋了。」三田村低聲說。

他是指哪個場面呢？我思忖著，也跟著點點頭。

「我們居然回得來，我完全沒想到我們能順利帶走『生命』。」

我說著，心裡對自己吐槽：「這能算順利嗎？」

「說起來，都是平沼同學太過神祕兮兮了啦。要是事先知道他們的作戰計畫是這樣，我們也不會那麼亂來。」美智子發牢騷。

「沒辦法，痞子沼好像也不知道作戰內容。以結果來說，我們救出了『生命』，算是皆大歡喜吧。」

美智子用食指抵著臉頰，點點頭說：「對啊，就像薰說的。」

「我們可是在走投無路的情況下死裡逃生，甚至搶回了『生命』，真的很厲害了。」

「沒錯，真的就像奇蹟。」三田村點點頭。

我仔細打量在美智子旁邊安詳入睡的「生命」的臉。

如果沒有他，或許美智子現在已經沉入海底了；不過反過來，也可以說是因為這小子亂動，「深海五千號」才會沉沒。這就叫做「禍福相倚」嗎？唉。

這時，美智子用食指抵住嘴唇：「噓，有人來了。」

「是痞子沼吧？」我說，美智子拉長耳朵，露出專注的表情：

「不對，腳步聲有兩人。」

我和三田村張望四周，尋找讓「生命」躲起來的地方，但不可能有這種空間。腳步聲越來越大，中間停了一下，接著扎實的腳步聲繼續傳來。黑暗中冒出來的，是戴著護目鏡的老人。

下一秒，洞窟內響起洪鐘般的嗓音：

「怎麼啦怎麼啦，萎靡不振的！作戰順利成功，你們要抬頭挺胸！」

看到來人是豪介爺爺，我們全都癱軟在地。痞子沼抱著食物、飲料、毛巾和T恤從後面現身。我們全都狼吞虎嚥起來，也不顧手和嘴巴吃得油膩膩，碎屑掉滿地，只是不停地吃吃喝喝。

豪介爺爺以平靜的眼神看著我們，開口說：

「吃完飯後，就把『生命』還給他們吧。」

「咦咦？」「為什麼？」「為什麼！」我們三人同聲抗議。

「四個國中生偷走美軍的潛水艇逃走，甚至遇難，不只是海上保安廳，連海上自衛隊和美國海軍都全數出動，在櫻宮灣四處搜索。事情鬧得這麼大，就算憑我或高階校長、東堂教授的手腕，也擺不平的。」

「可是，這不就是『奪還計畫』的內容嗎？難道戰略有誤嗎？」

「我和東堂教授計畫的作戰完美無缺，如果依照輸入『扁口魚號』的路線，自動駕駛抵達終點就沒問題了。可是雄介這個大傻瓜，擅自解除自動操縱，切換成手動，把一切都搞砸了。」

「又不是我自己要改成手動的，那是意外。」

痞子沼辯解說——不對，這不是辯解，是解釋嗎？

「『扁口魚號』原本預定要抵達哪裡？」我問。

「櫻宮深海館前面的櫻宮海岸。高階校長把媒體叫到那裡了，然後我這個櫻宮深海館的明星本來要率領『生命』從海中颯爽登場，向大眾亮相，是這樣的計畫。重頭戲是『生命』和黃金地球儀並排在一起拍紀念照，這張照片只要放上Instagram，絕對能在網路上獲得關注，立刻就能吸引全世界超過一億的讚數，如此一來，那些聽從當權者的意志，用什麼首相案件、美軍指揮當藉口噤聲的孬種媒體，也非報導不可，就算嘴皮子首相想用特殊案件為名目，搞陰險的資訊操作，也不可能成功了。然後我們率領記者團，返回波塞頓號，為『生命』進行檢查，同時，東堂教授向媒體亮相他自豪的『漂浮加百列』，是這樣一個壯闊無比的大人企劃啊！」

豪介爺爺一瞬間露出遙望的眼神。確實，如此浮誇的表演節目，是史無前例，若是實現，一定會為櫻宮傳說寫下新的一頁吧。

豪介爺爺深深嘆了一口氣，以柔和的眼神看著我們：

「然而卻在前一刻被一群調皮小鬼插隊，計畫全泡湯了。要是那時候我堅持不讓，會無法帶走『生命』，所以只好當下更改計畫。難得我設定好自動操縱到目的地，卻被這個笨小子隨便亂搞……」

「那不是平沼同學的錯，是因為『生命』突然發飆。」美智子難得替痞子沼說話，結果豪介爺爺搖搖頭說：

「任何時候都必須能臨機應變，否則就不能稱作冒險家，雄介還差得遠呢。」

「都怪爺爺不事先告訴我目的地，如果當時在場的是爺爺，一定也會做出跟我一樣的決定。」痞子沼堅持不讓。

「那是藉口，要是我，就會第一個確認自動駕駛的目的地，然後再手動操縱前往深海館，讓計畫繼續執行。」

痞子沼不甘心地咬住下脣，爺爺的指正，似乎讓他無可反駁。

「我們承認自己的疏失，可是請不要把『生命』帶走。」

「小姐，狀況發展成這樣，留下『生命』是不可能的事了。」

美智子垂下頭去。這時，「生命」醒了過來，打了個大哈欠，接著他偎到美智子身上喊：「媽媽。」

美智子見狀說：「那樣的話，至少今晚讓他待在這裡好嗎？他也好不容易才平靜下來。一晚就好，我想和他在一起。」

豪介爺爺似乎被美智子拚命的傾訴打動了。

「唔，海上保安廳、海上自衛隊，連駐日美軍都出動了，外面現在是滿城風雨……嗯，一個晚上的話，勉強可以通融嗎？很多時候，搜索遇難溺死的人到隔天早上都不會有收穫嘛……」

什麼不好比喻，居然拿溺死的人來比喻，真是太沒神經了。可是美智子開心得幾乎要跳起來，一把抱住豪介爺爺：

「謝謝爺爺！我好開心，太感謝你了！」

接著豪介爺爺為我們說明現在的狀況，同時也揭曉了他怎麼會知道我們在這裡的謎底。

「雄介好像把『滾滾眼鏡君』借給了佐佐木同學，忘記還回來了。那台機器設定成一偵測到動靜，監視攝影機就會自動啟動錄影，把影像傳送出去。我的手機也是傳送目的地之一，突然收到你們的影像，所以我才知道你們在這裡。」

豪介爺爺說，櫻宮現在天翻地覆，海岸線全部打起燈光，潛水艦和潛水夫正在徹夜進行搜索。電視新聞也大肆報導，卻完全沒有提到「生命」，只說我們四人任意跑進潛水艇，結果遇難。

「就算你們帶著『生命』一起現身，媒體也會當成沒看到吧。」

豪介爺爺站了起來，瞄了一眼手錶說：「十點多了，你們跟『生命』一定也有許多話要說，今晚就盡情暢談一番吧！」

豪介爺爺說完後，踩著腳步聲消失在黑暗裡了。

第13章

7月18日（二）

不嚮往翅膀，

是因為不曾擁有過翅膀。

美智子靠在洞穴牆上，拍著「生命」的身體，喃喃地說：

「如果『生命』的體型是一般人大小就好了。」

雖然這不是該對身高三公尺的巨型新物種說的話，但我痛切地理解美智子的感受。

「生命」表情安詳地打著盹，他的身體微微地泛著綠光。看著看著，我想起在潛水艇裡面想到的事。

「美智子，妳可以離開『生命』，換三田村摸一下『生命』嗎？」

美智子和三田村露出訝異的表情，照著我說的做。美智子一離開，綠光便消失，三田村一摸，「生命」便發出藍色的光。接著三田村離開，換我來摸，「生命」的身體發出了黃光。「喂，痞子沼。」我呼喊，痞子沼站了起來，走近「生命」，觸摸他的身體，這回「生命」的身體散發出紅光。

「跟我們第一次摸他的『蛋』時，顏色一樣。搞不好那個時候，『生命』感應到我們的某些意識活動。」痞子沼表情得意地說。

「或是攝取了我們意識的一部分。」三田村說。

「緊接著『生命』就誕生了，搞不好我們真的是『生命』的爸爸和媽媽喔！」

我說，痞子沼和三田村都露出「怎麼可能」的表情，但美智子用力點點頭。

我接著說：「這麼說來，我們四個一起抱住『蛋』的時候，『蛋』依序發出四種顏色的光，接著浮現嬰兒的身影對吧？那個時候，大家在想些什麼？」

「那麼久以前的事，早就不記得了。」痞子沼回答。

三田村一臉認真地沉思之後，低聲說：

「我好像是想，希望『蛋』可以順利孵出來。」

我覺得自己也是這麼想，只要抱著一顆蛋，任何人都會這麼期望吧。

「搞不好四個人同時摸，然後心想一樣的事，就會反映出我們的願望？」

「怎麼可能？就連《厲害達爾文》也沒有提過這樣的事。」痞子沼說，但以他而言，這是難得的失誤，因為《厲害達爾文》從來沒有播放過介紹新物種的節目。

「如果美智子的假說正確，只要我們四人想著一樣的事，或許『生命』就會回應我們？值得一試呢。」

「總之，能做的事就試試看吧。」這好像是厚生勞動省的食火雞白鳥先生的座右銘？我想起這無關緊要的事。

「那，我們要祈禱什麼，怎麼做才好？」

「我現在的願望，是可以不被任何人發現，讓『生命』逃走。」美智子說。

「不過，沒辦法命令『生命』這麼做啊。」

「那，祈禱『生命』的身體變得跟一般人一樣大如何？」

「是比剛才的好，可是還是太離譜了，得許更實際一點的願望才行。」

我一一駁回美智子的提議，美智子終於發飆了：

「薰，你就只會一直打人回票，你這樣永遠飛不上天的！聽著，人不會渴望翅膀，是因為從來不曾擁有過翅膀！」

噢，多麼詩意的比喻啊！

這詩情畫意的話讓我招架不住，痞子沼說：

「進藤剛才的願望最簡單明瞭，不抱期待地試一下也好吧？如果不行，再想其他願望就行了，而且根本也不曉得會不會成真啊。」

「唔，既然痞子沼艦長這麼說，那好吧。」我嘔氣地說。

我們站起來，圍繞著像貓一樣蜷著身體沉睡的「生命」，和旁邊的人牽手，形成一個大圈，漸漸縮小圈子。

「大家，要真心祈禱『生命』的身體變小喔！」美智子提醒。

我們點點頭，四人同時抱住「生命」。結果，「生命」的身體開始綻放出強烈的白光，白光消失後，接著依綠、藍、黃、紅的次序開始發光。

「『生命』，拜託你變小，變得跟我們差不多大小！」美智子喊道。

四色光芒閃爍著，顏色交錯變化，閃爍的間隔越來越短，最後熾烈的白光射向我們的眼睛。強光的壓力讓我們放開互牽的手，我們被拆散開來，倒向後方，撞到洞穴牆壁後跌坐在地。

我們撫摸著撞到的地方站起來，只見「生命」整個人蜷趴著，身體在綻放白光後漸漸失去光芒。很快地白光消失，洞穴被黑暗所籠罩。

美智子提心吊膽地觸摸「生命」的身體，但沒有發出綠光。

「死掉了嗎？」痞子沼說出恐怖的話，美智子似乎狠瞪了他一眼，因為洞穴裡漆黑一片，什麼都看不見。

「沒死啦，還在呼吸。」

美智子這麼說，卻也顯得不安。接著我們觀察了一陣，但「生命」並沒有特別的變化，看來我們的嘗試失敗了。

我虛脫地憑靠在牆上，因為周圍一片漆黑，很快就睡著了。

有人搖晃我的身體，我醒了過來，視野被美智子的臉給占據了。

「欸，起來啊，薰！」

「怎麼了？美智子，出了什麼事嗎？」

我坐了起來，美智子在黑暗中指著另一邊：「你看那個。」

幽幽地發出白光的，是蜷著身體入睡的「生命」。

「『生命』的身體變得硬邦邦的。」

美智子的聲音很不安，痞子沼和三田村也被吵醒了。

痞子沼用拳頭敲了敲「生命」的身體：

「哇，好硬！好像蛹，難道『生命』就快羽化了？」

「你在胡說什麼啊？『生命』又不是蟲。」

「可是他是從『蛋』裡生出來的，比起人類，或許更接近昆蟲。」

這是《厲害達爾文》鐵粉的思維，「生命」是巨型新物種，無法套用一般常識。《厲害達爾文》的中心概念，是「自由發想、正確觀察」。

「這不重要，大家一起抱住『生命』看看。」美智子說。

雖然這個提議毫無邏輯可言，但是面對「愛孩子的母親是超越道理的」這個絕對的真理，我們唯有遵從。然而即使四個人一起抱住，「生命」也沒有反應。

不過從他變得像岩石般堅硬的身體深處，感覺得到像心跳的活動，我們稍微放心了一些。眾人拚命祈禱：「希望『生命』平安無事。」

一會兒後，「生命」的身體漸漸溫熱起來了。體溫漸漸上升，從溫水變得像溫泉，最後終於燙得像滾水一樣，我們鬆開「生命」的身體。白光忽強忽弱，就像心跳一樣規律變化。很快地，蜷著身體、就像一隻巨大鼠婦的「生命」背部冒出一道裂痕，緊接著一束強光直射天花板。光實在太刺眼了，我忍不住閉上眼睛，接著提心吊膽地把眼睛睜開一條縫。

從「生命」的殼裡站起來的，是一個和我們差不多高的青年。

「佐佐木學長，你怎麼會在這裡……？」美智子呆掉了。

站在那裡的，是一個長得和前超級高中醫學生、現在是東城大學醫學院學生的佐佐木敦一模一樣的人。不，那是「人」嗎？

「佐佐木學長」一看到美智子，便微笑說：「媽媽。」

這傢伙果然是「生命」！

「佐佐木學長」全身赤裸，眾人的目光同時集中在他的下半身，不出所料，那裡沒有「男生應該要有」的玩意兒。

「你果然是『生命』，可是你怎麼會突然變成這種樣子？」

這是每個人都有的疑問，但還是先讓他穿上豪介爺爺帶來的T恤和褲子。美智子體貼地照料「佐佐木學長」，臉都羞紅了。我想起來，這小妮子暗戀佐佐木學長，那驚慌的模樣令人莞爾不已。

穿上衣服後，他變得更像「佐佐木學長」了，甚至讓人懷疑佐佐木學長是不是之前偷偷躲在某處，好讓我們嚇一大跳。

「生命」蛻皮後的殼變成了褐色，硬邦邦的，跟蟬蛻下的殼一模一樣。

美智子交互看了看「蛻殼生命」和「佐佐木學長」，感慨良多地說：

「確實，我們祈禱『生命』變小，可是應該沒有人祈禱他變得跟佐佐木學長一模一樣……」

三田村聞言，猛地抬頭說：「如果有人強烈地思念佐佐木學長呢？」

「你、你幹麼講這種靈異的事啊？三田村。這裡只有我們四個人而已耶？你該不會要說是美智子的守護靈在這麼想吧？」痞子沼意外地嚇壞了。

「不，這裡還有另一個人，更正確地說，是那個人的心。那就是心智移植實驗中，被移植到『生命』體內的日比野涼子。」

我們同時望向變成佐佐木學長版本的「羽化生命」。

被眾人注視，「生命」露出微笑。這時，我的肚子咕嚕嚕叫了起來，其他三人也被我傳染，肚子咕嚕嚕亂叫，大家都笑壞了。一會兒後我說：

「大家一起去祕密基地補充能量吧！」

「豪介爺爺不是才剛忠告，說外出會被發現，很危險？」

「三田村博士腦袋太僵硬了，『生命』體型龐大，引人注意，所以沒辦法帶他出去，但他現在是『佐佐木學長』，不會有人發現的。」

聽到我的解釋，眾人立刻就同意了，朝洞口走去。

光蘚和夜光蟲的光，朦朧地照亮留在空盪盪廣場裡的巨大「生命」空殼，就宛如在祝福他的新生。

走出外面一看，沒有月亮，黑夜裡只有星星在閃爍，我們一直身在黑暗當中，因此感覺戶外明亮到不行。打開祕密基地的門，吱呀聲打破夜晚的寂靜。

「這麼說來，這小子變成佐佐木學長版本後，一樣會『苟』地大哭嗎？」痞子沼說。對痞子沼來說，「生命」的哭聲似乎就是「苟」。

但如果遵從《厲害達爾文》鐵粉的信念，「只相信自己看見、聽見、聞到、嘗到的事物」，痞子沼的堅持也是當然的。

進入屋內，才剛在地上坐下來，疲倦便一口氣湧了上來。

美智子對「生命」說：「『生命』，我幫你把頭髮梳一梳喔。」

「生命」有三束頭髮高高翹起，我想起以前有這樣的妖怪漫畫角色。美智子伸手梳理，頭髮平貼了一下，但立刻又翹了起來。最後美智子也放棄了：「哎唷，隨便了啦。」

我們從冰箱取出飲料和點心，吃吃喝喝。

不經意地望向「生命」，發現他的肩上站著一隻玩具小馬。

「咦？好可愛的小馬。」

我伸手，小馬玩具嘶叫起來：

「我不是『小馬』，我是『嘟角獸』！」金屬合成聲響起。

玩具小馬會說話！仔細一看，牠的額上有根小角。

「抱歉抱歉，你不是馬，是獨角獸啊？」

我說，小獨角獸便說：「不是『獨角獸』，是『嘟角獸』。」

接著牠從「生命」的肩上輕輕飛起，開始在他的頭上轉個不停，就好像單獨一台的旋轉木馬。「生命」開始說起神祕的語言來，俄語、韓語、華語、英語、法語，還有其他沒聽過的語言片段交替出現。

很快地，先是一聲：「啊、啊，調整接速？結速？結束？」佐佐木學長版本的「羽化生命」突然開口了：「各位豪，寫謝、哥位的，找顧。」

「『生命』，你會說話了？怎麼突然會說話了？」

「多虧了這隻家馬？海馬？木頭馬？木馬？它會、進出、全世界的、電腦。

組合、資訊，知識庫裡，咩有。」

「是指人工智慧嗎？」三田村說，「生命」搖搖頭：

「不對，me是『生命』，是沒有人工智慧、的、伸命梯？生民體？生命體？」

「你知道自己是誰嗎？如果知道，是什麼時候知道的？」

聽到美智子的問題，「羽化生命」回答：

「媽媽、洗慣？吸管？習慣？一次問、兩個溫梯？溫題？問題？可以的話，想要、一個一個、來。」

美智子露出驚訝的表情，接著重新提問：

「『生命』，你是什麼時候擁有自我意識的？」

突然變成了恭敬有禮的口吻，對美智子來說，這等於是暗戀的人一臉嚴肅地提出天經地義的糾正，讓她感到不知所措，又有些生氣吧。

「回答，身邊的人，的退化？兌哇？對話？生出來，全部，保存在，倉庫。邏輯？專輯？編輯？上理解，是，這裡，那裡，到處，『溫蒂妮』來擺訪？拜訪？」

「涼子小姐在那裡嗎？」我問。

「不知道。我不知道。只有me裡面的、『溫蒂妮』知道。它跟我，同居？寄生？共棲？我的外表，變成這樣。」

「關於『溫蒂妮』，你知道什麼？」

「它是以前、在『母親』裡面的、相干？相關？資訊。隱形機伸一郎，告訴我、它存在、的意義。」

怎麼這時候會冒出爸爸的名字？我呆掉了。

在「生命」頭上轉來轉去的「嘟角獸」轉速越來越快了。

「嘟角獸警報、嘟角獸警報，宿命接近中。」

很快地，遠方傳來機車排氣聲，接著是緊急煞車聲，然後是踩過碎石地的腳步聲、用力把門扳開來的聲音。開門現身的那個人，露出驚愕的表情。

這也難怪吧，因為光是海上自衛隊和駐日美軍正在大肆搜索的四名國中生聚在這裡，就夠令人驚訝了，而且來到這裡的人是他的話，當然更會嚇破膽了。

佐佐木學長伸手指向前方，大聲驚叫：

「那、那、那傢伙是誰！」

被指的青年站起來行了個禮：

「哩好，偶是『生命』。」

佐佐木學長張口結舌，嘴巴不住開合。

「冷靜，坐下。痞子沼通學，給他因料？銀料？飲料？」

聽到指示，痞子沼應著「呃、喔」，從冰箱取出運動飲料，遞給佐佐木學長。

佐佐木學長用發抖的手轉開瓶蓋，一口氣喝完，接著彷彿想到一般，摸了摸自己的胯下，露出鬆了一口氣的表情。他大大地喘了一口氣，環顧我們說：

「這到底是怎麼一回事，誰可以說明一下？」

我們面面相覷，卻沒有人開口。很快地，美智子接下這個大任，開始說明，確實只有她適合這個角色。

簡單扼要地說明完來龍去脈後，佐佐木學長深深地吁了一口氣：

「我理解狀況了，可是有太多不懂的事了。這傢伙怎麼會變成我的複製人？他跟你們混得比較久，就算變成薰、三田村還是進藤都可以吧？」

「這孩子好像會感應身邊的人的願望，改變形姿……我們推測，他會變成佐佐木學長的樣子，可能是受到意識被移植過去的涼子小姐的感情影響。」

聽到美智子這話，佐佐木學長的臉一眨眼變得通紅：

「嗚……這件事究竟怎麼樣不清楚，但不清楚的事，再怎麼想也不可能清楚吧，因為不明白的事就是不明白嘛。」

我第一次看到佐佐木學長如此驚慌失措的樣子。

「那，下一個問題，這玩意兒又是什麼？」

佐佐木學長指著在「生命」頭上愉快地轉著圈的小獨角獸。

對於這個問題，「生命」直接回答：

「這是家馬？海馬？三角木馬？木馬？」

獨角獸一邊打轉，一邊不停地說話：「我是『嘟角獸』，我是『嘟角獸』。」

「它是『木馬』的本體嗎？」佐佐木學長喃喃道。

「木馬」是未來醫學探索中心的超級電腦任意從網海中抓來，並情有獨鍾的拓的夥伴。這就是拓所害怕的「木馬」即將被釋放到世界的狀況嗎？

「絕對不能讓這傢伙四處亂跑。」佐佐木學長說，「生命」歪起頭說：

「可是它會在暈？運？雲裡，刪鋪？散噗？散步。軟伸？軟身？暖身？體操已經做好了。」

「我說不行就是不行，別囉唆了，把它收進去！」佐佐木學長命令，「嘟角獸」雖然不情願地搖頭，但很快地就被吸進「生命」豎起的三束頭髮當中了。

「對了，佐佐木學長怎麼會跑來這裡？」美智子問。

「我在尋找下落不明的你們，用『母親』追蹤GPS訊號。雖然訊號追丟了，但當時『母親』同時開啟一切視窗，不斷地吸收各種資訊，最後跳出『去祕密基地』的訊息，所以我跳上機車跑來這裡了。」

那個時間點，剛好就是「羽化生命」在祕密基地開始和外界網路連線的時間，應該是「嘟角獸」透過「母親」，把佐佐木學長叫過來的吧。

「好了，這下我了解狀況了，問題是接下來該怎麼辦呢？」

佐佐木學長打起精神說，似乎變回正常運作的佐佐木學長了。

「平沼同學的爺爺說，只能把『生命』還給『心房』。」美智子說。

「這是當然的決定。外頭已經鬧得天翻地覆了，你們豎起耳朵仔細聽，有直升機的聲音對吧？櫻宮海岸有超過十架的直升機在盤旋，用燈光照亮海面，徹夜搜尋你們的蹤跡，你們為什麼不快點出面自首？」

什麼自首，我們又不是罪犯！曾根崎團隊的四人同時抗議。

團隊實質上的老大美智子果敢地反駁：

「因為要是那樣做，我們會跟『生命』分開，再也見不到他了。剛才我們拜託平沼同學的爺爺，至少今晚讓我們和『生命』一起度過。」

「那個老爺爺在奇怪的地方特別有人情味呢。確實，遇難者的搜索行動，持續個三四天是常有的事，一個晚上不算什麼吧。」

佐佐木學長說了和豪介爺爺一樣的話。

「可是不可能永遠隱瞞下去，明天早上就去投案吧。」

佐佐木學長冷冷地說。什麼「投案」，真的把我們當成罪犯了？

我們又沒做壞事，內心抗拒的我，這時想到了一個好點子：

「美智子，已經沒必要交出『生命』了。」

「自衛隊、美軍和警方拚命在找我們，找到這裡也只是時間的問題吧？」

「不，不管他們怎麼找，都不可能找到『生命』。因為他們在找的，是一個身高三公尺的巨大幼童，哪裡有這種東西呢？」

痞子沼拍了一下手：「對喔！現在的『生命』，想去哪裡都可以。」

「沒錯，接下來只要請佐佐木學長把『生命』藏在那座塔裡，不就完美無缺了？」

「那裡很安全呢，薰，你果然是天才國中生！」美智子說。

我們完全不顧佐佐木學長的意願，自顧自討論起來。很快地，我們以各自的態度贊成這個結論，決定打鐵趁熱，立即行動。

被迫接受結論的佐佐木學長傻在原地，這也是當然的反應啦。

五分鐘後，佐佐木學長被迫同意用機車載著跟自己一模一樣的「羽化生命」，把他送到未來醫學探索中心。

走出祕密基地，滿天燦星美麗極了。遠方的海面，許多直升機正盤旋著，朝海面投射探照燈。

在我們的看照下，佐佐木學長讓「羽化生命」坐上後車座，嘴裡喃喃著「感覺有夠奇怪」，發動機車。機車轟隆一聲，「答答答」的聲音和震動擴散開來。坐在後車座的「生命」，眼睛一眨眼就盈滿了淚水，他深深地吸了一口氣。

喂，不會吧……？

下一秒，「生命」驚天動地的哭聲劈開了夜晚的寂靜，在四下迴響。

「美智子，快點叫『生命』別哭了！」我還沒指示，美智子已經開始拍打「生命」的背，驚慌失措的美智子語無倫次：「別擔心，『生命』，這是你哥哥啊！」

「啊，佐佐木學長昏倒了。」痞子沼說。佐佐木學長趴在把手上，我們搖晃他的身體，他恢復了意識。

「啊，嚇死我，還以為要死了。真是，開什麼玩笑，要是騎車的時候被他在耳邊這樣一哭，絕對會出車禍。不行，我沒辦法帶他回去。」

「沒事的，我會好好教他聽話。」美智子果決地說。

接著她輕拍「生命」的背說：「『生命』，不怕喔，這個叫機車，是會幫助你的交通工具。然後這個人是你哥哥，你要乖乖坐在後面喔。」

結果「生命」的頭上豎起三束毛髮，小「嘟角獸」從肩上跳起來，開始在頭上旋轉。

「機車？摩特車？交通？交通工具？……」

很快地，「生命」點了點頭：

「『生命』不哭，我不會哭，我～再也不流淚～♪」

「佐佐木學長，已經可以了，快去吧！」

佐佐木學長一臉半信半疑，重新發動機車。震動與轟隆聲再次響起，但這次「生命」緊緊地抱住佐佐木學長，沒有哭泣。

直升機的聲音從遠方靠近了，是「生命」剛才的哭聲被偵測到了吧。

一波未平，一波又起，但我們已經逐漸脫離最大的危機了。

佐佐木學長舉起一手道別，朝著幽幽發光的海角盡頭的塔飛馳而去。我們四個人挨在一起，目送著逐漸遠離的車尾燈。

剛目送機車離開，草叢便發出窸窣聲響，戴飛行帽和護目鏡的豪介爺爺倏地冒了出來。一瞬間我還以為是熊，嚇了一跳。

「你們偷偷摸摸聚在那裡，在策劃什麼？總不可能還不死心，事到如今還想放『生命』逃走吧？」

豪介爺爺邊說邊東張西望，扯開嗓子：「你們把『生命』藏到哪裡去了？」

我們面面相覷。

美智子開口：「其實『生命』是天使，他回去月亮了。」

豪介爺爺仰望天空：「天使？回去月亮了？今晚是新月啊！」

美智子露出「說錯了」的表情，我連忙出手救場：

「是真的！『生命』突然蛻皮，長出翅膀，然後飛走了。剛才的哭聲，是他在向我們道別。」

居然能臉不紅氣不喘地說出這種漫天大謊，連我自己都覺得佩服。

「總之百聞不如一見，『生命』蛻下來的殼還留在洞穴裡，請豪介爺爺自己去看一下吧。」

三田村領頭前往洞穴，豪介爺爺默默地跟上去。三田村自從前些日子坐了豪介爺爺的猴子機車以後，兩人之間似乎就有了靈魂的交流。

豪介爺爺後面跟著美智子，最後是我和痞子沼。

痞子沼小聲問我：「小薰，為什麼連爺爺都要騙？」

「抱歉，情勢使然，不過俗話不是說『欺敵先欺己』嗎？」

「唔……我是不懂啦，不過現在就先靠你指揮吧。」

很快地，一行人抵達「生命」羽化的現場，看到「生命」蛻下來的殼。

豪介爺爺驚呼一聲跑過去，用拳頭敲打空殼。

「確實，就像蟬蛻下來的殼。」

「沒錯，『生命』在我們面前蛻皮之後，長出翅膀，一下子就飛走了。」

雖然內容有諸多矛盾，但豪介爺爺現在相當激動，無法冷靜指出其中的小矛盾。他交抱起手臂，斷續地喃喃自語，「唔嗯」、「怎麼可能」，接著抬起頭來說：

「根據我長年來的常識，這實在難以置信，但事實就擺在眼前，我也只能相信親眼所見了，雖然實在是無法相信啊！」

爺爺，你的直覺是對的，因為這是徹頭徹尾的瞎扯淡。

不過事實更令人難以置信，我情急之下掰出來的胡謅情節，感覺還比較現實。

我們隨著仍不停地歪頭納悶的豪介爺爺走出洞穴，幾台直升機在頭上盤旋，探照燈照亮四處。光圈逐漸逼近這裡，很快地，他們似乎靠著「生命」剛才的號哭聲找到了他先前所在的地點。

這也是當然的呢，因為不止是自衛隊的精銳部隊，連駐日美軍都出動了，形同美日安保體制下進行的緊急狀況聯合演習，這點成果還是要有的吧。我這麼想著，仰望在上空飛舞、宛如暗夜老鷹的大群直升機。

很快地，一架直升機的探照燈直擊我們，美國海軍部隊和自衛隊突擊部隊馬上就會氣急敗壞地殺到這裡來吧。

曾根崎團隊加上名譽顧問豪介爺爺共五人，頭髮在逐漸增強的暴風吹襲下亂飛，我們彷彿在模仿超人巴克斯的地球防衛軍「宇宙戰隊嘉波特」的成員，無意義地抬頭挺胸，注視著即將降臨眼前的強大「敵人」爪牙——軍用阿帕契直升機。

第14章

7月26日(三)

人生就是見招拆招，

臨機應變。

接下來的大混亂，被電視台新聞節目和報紙大肆報導，大家也都耳熟能詳了，這裡就不再贅述。

一晚過去，我們四個成了給自衛隊和駐日美軍惹出大麻煩的荒唐國中生，一躍成名。尤其我因為是第二次捅出婁子，新聞和電視台都對我毫不留情，轟轟烈烈、恨之入骨地報導我。當地的櫻花電視台則是喜孜孜地報導，我的「專屬」記者大久保梨里小姐，以她一貫的嬌滴滴嗓音說個不停。

不過，不管是報紙還是電視新聞，都沒有提到為什麼我們會做出這種事。我知道理由是因為這是「首相案件」、是「某國的意思」，所以媒體「自我審查」，不管被說得多難聽，也完全不在乎。

只會揣摩上意、不敢報導真相的懦夫電視台和新聞，我一點都不怕。經過這次風波，我徹底了解到他們只會指責弱者，面對強大的敵人，卻一點骨氣也沒有。諂媚當權者，攻擊一般民眾，似乎就是現今的報導原則。

就在這當中，東堂教授怒氣沖沖地回國去了，因為他和高階校長一起祕密企劃的「生命」與「漂浮加百列」的亮相發表會完全泡湯了。

「真是，me簡直就像是被叫來耍的龍套角色！」

我深切地覺得東堂教授說的一點都沒錯，不過只有一件事我希望他相信：我一次也不曾認為東堂教授是「龍套」，雖然以結果來說，確實是把他耍了一回。不過對東堂教授來說，哪邊都一樣吧。

比媒體更可怕的，是遭到身分不明的人們審問。我猜他們十之八九是駐日美軍＋自衛隊＋文科省＋「組織」，即「DAMEPO」所組成的聯合戰線。

對方戴墨鏡還戴口罩，而且逆著光，看不到臉，只是不停地重複相同的問題。有時候我們四個人一起被問，有時候被各別審問，但曾根崎團隊十分團結。

「生命」在洞窟羽化升天，這個宛如神話的結局實在太脫離現實，但狀況證據一應俱全，而且這個劇情連現實主義者的豪介爺爺都接受了，因此要撐過來路不明人們的審問，算是遊刃有餘。不過羽化升天時的狀況，我們四人說法不同，被指出其中的矛盾，但我們用「因為太震驚，記不清楚了」擋過去。遭遇前所未見的異常狀況，天真無邪的少年少女們的說法有些出入，也是情有可原的事吧。

這樣的審問調查持續了一星期之久，因為正值學校暑假，對方也不用留情。

正當我們開始受不了，不知道這要持續到什麼時候，情勢忽然改變了。

起因是陌生人在推特發布的推文，標題是「櫻宮事變的真相」，並附上一張照片，說是「生命蛻下來的空殼」。

推文說，「櫻宮荒唐國中生（網路上都這麼稱呼他們）會搶奪與駐日美軍相關的民間潛水艇，是為了避免政府拚命隱瞞的巨型新物種『生命』遭到軍事惡用，於是放他逃走」。

這則推文立刻被推爆，許多人回覆，三天就累積了一千萬則回文。

你說這是我們幹的？不，其實我們也很驚訝，因為我們還是一樣傻呼呼的，忘記幫「生命蛻下來的殼」拍照了。到底要犯下多少次相同的疏失才會學乖呢？

不過也因為這樣，居然會留下這張照片，我們驚訝極了，一定是自衛隊、首相官邸、美軍特殊部隊或「DAMEPO」的人員偷偷拍下的照片洩漏出去了。

也因此，隔天的審問變得更加嚴厲。我們四人一起被抓去審訊，問話的人輪番上陣，我們從早一路被問到傍晚。最後，他們問是不是我們之中的誰上傳那張照片的，我代表回答：

「不是我們做的，但就算是我們做的，又有什麼不對？為什麼不公開『生命』的存在？明明也有許多記者知道，為什麼不報導出來？要是我，就會立刻連絡《厲害達爾文》的節目組。」

「《厲害達爾文》？」

「全日本最受歡迎的生物節目《太厲害了！達爾文》。」

審問的那群人之間冒出笑聲。

「你們那麼好奇的話，直接把發文的人找來問不就好了？」我說。

有人低聲回應：「就是不知道是誰，才會問你們。」

不久後，坐在正中央看起來地位最大的人說：

「很可惜，沒辦法連絡《厲害達爾文》節目組。因為你們說的，變成天使的巨型新物種並不存在。因為你們惡作劇，給許多大人造成麻煩，這真的很遺憾，但這次就不予追究了。你們也要謹言慎行，別再繼續散播妄想了。」

這是交易——我直覺地想，望向我的夥伴們。美智子的眼睛閃閃發亮。

我點點頭坐下來，美智子接著站起來說：

「我們在這裡說的都是真的。在現在的日本，真相或許不會被報導出來，一切都被當成沒有發生過，但沒辦法連每一個人的記憶都抹去。如果我們是對以為可以一手遮天的人造成麻煩，那麼我們完全不打算反省。」

美智子說完，就像斷了線的人偶似地，一屁股坐到椅子上。

結果在前方桌子坐成一排的大人物們默默起身，魚貫離開房間了。

房間角落的女子轉身背對我們，打開窗簾，陽光射進房間裡。光線刺眼，我瞇起眼睛，再次重新張望，發現房間意外地狹小。

背對我們開窗簾的女子看著窗外的風景，低聲說：

「你們真是了不起。」

回過身來的女子，套裝胸袋插著鮮紅色的領巾。

文科省的火焰女士，臉上露出前所未見的清爽微笑。

隔天，我們四人被請到東城大學的校長室。

這三個月來，我們多次進出這間校長室，已經熟門熟路了。像痞子沼，連聲像樣的招呼都沒有，就開始大口吃起在桌上堆成小山的高級糕點。

「平沼同學，沒家教。」美智子小聲規勸。

結果高階校長笑咪咪地說：「沒關係，我們說好的。」

坐在旁邊沙發的田口教授說：「你們真的很拚命，不過『生命』居然變成長了翅膀的天使，飛上天空，這太讓人驚訝了，我也好想親眼看看。」

我們彼此對望，「咯咯」偷笑。其實，我們也沒有把真正的結果告訴高階校長和田口教授，這是只屬於曾根崎團隊和佐佐木學長的祕密。

「『生命』會被當作不存在嗎？」我問。

「唔，一般來說會是這樣，但有不尋常的人牽扯其中，我也不曉得接下來將會如何。」高階校長抿嘴笑道。

「出了什麼事嗎？」

「赤木醫生本來要回去『神經控制解剖學教室』，展開新的研究，但遭到藤田教授阻撓。展開研究的第一步，就是通過倫理委員會，藤田教授卻在會議上揭露出『心計畫』的一切內容。」

天哪！不愧是黑心貓頭鷹魔神，手段真是太骯髒了。我目瞪口呆，但想到藤田教授也是循正規手段阻撓，忍不住感到佩服。

「可是文科省和美軍想要隱瞞這件事，公開沒關係嗎？」

「長年主持倫理會的沼田教授，向來一根腸子通到底，尤其碰到與倫理相關的事，不論對手是誰，一步也不會退讓。令人驚訝的是，沼田教授不僅向文科省抗議，還向美國國防部寄出抗議書，氣勢洶洶地說要揭開相關事實呢。」

「原來東城大學隱藏著這麼厲害的教授。」

「只是這樣的話，就只是一個小小的國立大學教授在無理取鬧，一般來說，只會遭到漠視封殺，但怎麼說，物以類聚嗎？這時又有麻煩的人牽扯進來……」

高階校長露出遙望的眼神說：「東堂教授對周圍的人觀察入微，我很佩服。他命名的霞關最強搭檔，火女和火鳥聯手參戰了。」

「咦？那兩個人居然會聯手？」我因為過度吃驚，忍不住叫出聲來。

結果田口教授說：「曾根崎同學或許會覺得他們兩人聯手令人驚訝，但對於東城大學的人來說，白鳥先生會和沼田教授合作，也令人驚奇，而且白鳥先生甚至還想跟藤田教授合作，他的沒節操真是讓人說不出話來。」

「唔，這叫『下毒攻毒』嘛。」一旁的高階校長苦笑說。

「高階校長，你又故意誤用成語了，不是『下毒攻毒』，是『以毒攻毒』。總之，往後的東城大學會陷入極度混亂，我已經不曉得到底會怎麼樣了。」

「天哪，感覺好辛苦。」美智子的口氣事不關己，田口教授繼續說：

「而且聽說《時風新報》要正式針對『心計畫』做出報導。村山記者似乎一直惦記著以前曾根崎同學對他說的話，他要我向你轉達──『這次不管是首相還是美軍來礙事，我都會揭發真相，你要有心理準備。』」

我當時忍無可忍，對他說「不報導真相，根本不配當記者」，原來村山記者還記得嗎？我感到胸口一陣灼熱。不管是什麼樣的想法，如果不說出口，就無法傳達給對方。所以即使覺得對方聽不進去，還是要說出來才行。因為這世上一切事情，總是要試過才會見真章。

高階校長語氣平靜地說：「真是發生了好多事啊，不過這當中最棒的消息，或許是佐佐木同學重新復學，回到東城大學了。」

田口教授聞言點點頭：「這次的風波讓他改頭換面，彷彿變了個人，變得開朗、親切且懂得社交，風評很好呢。」

我們又再次面面相覷，咯咯偷笑。

「東城大學的倫理委員會主導向美國提出抗議，最主要的目標，似乎集中在阻止『生命』的血液檢體被送到美國進行DNA分析。關於未經同意就將檢體挪用在這類實驗，佐佐木同學似乎也有一番看法，聽說他積極提出協助。」

我想到，這是過去日比野涼子小姐挺身設法阻止的事。

那麼，佐佐木學長一定不會輕易退讓吧。這麼想想，這個抗議團隊對於對手來說，肯定是全世界最強悍、最凶暴，同時也最棘手的奧客。

腦中浮現身兼「DAMEPO」一分子的東堂教授在太平洋另一頭，咬牙切齒、抱頭苦惱的模樣。

我們離開校長室後，乘上公車，前往下一個目的地。

紅色公車開下櫻宮丘陵後，經過櫻宮車站，前往大海。

分開坐下的我們四人在公車上搖晃著，這三個月來驚濤駭浪般的種種如走馬燈般在腦中復甦，總覺得都是好久好久以前的事了。

我們在終點站「櫻宮車站」下車後，走到銀色的「光塔」。「光塔」旁，組合屋「心房」正在進行拆除工程。

踩過碎石地，進入未來醫學探索中心的土地，塔門打開來，一名美青年表情祥和地迎接我們。

「各位，歡迎光臨。」

「呃，你是哪一個……？」美智子說，青年眨起一邊眼睛：

「我是媽媽的兒子，佐佐木生命。」他說，一把抱住美智子。

美智子僵硬地回應，對於變成佐佐木學長外表、變態後的「羽化生命」，美智子似乎還是無法習慣。當然，這裡說的「變態」，指的是昆蟲等生物的形態變化，是生物學上的變態之意，絕對不是在形容某類人特殊的性癖好。

元祖佐佐木學長在地下室一臉悻悻然地坐在沙發上，伸直了雙腿。

「你們真是塞了個天大的麻煩給我。」

我們在佐佐木學長對面的沙發坐下，「羽化生命」理所當然地在佐佐木學長旁邊坐下來，兩人真的唯妙唯肖。

「一星期前，我跟這小子促膝長談，得知了不得了的事實。這小子不是什麼新物種，他是最根源的地球特有種。」

「什麼意思？」我和痞子沼好奇萬分地前傾上身。

「你自己說明。」佐佐木學長冷漠地說。可能是習慣他這種態度了，「羽化生命」點點頭，滔滔不絕地說了起來：

「Me的機翼？機移？記憶？與莖繩？精升？精神感應，存在於濟印？基印？基因？裡面。地球的喝幸？喝心？核心？是我的故鄉。以人類的時間來說，每一萬年會出生一次，以『蛋』的心態？信態？形態？出現在地上，摸方？摸房？模仿？身邊的物種。Me們被禁止增資？增志？增殖？從模仿的對相？對想？對象？拿掉生殖器官。每一次模仿的對象，是在Terra（地球）上最為繁榮的物種。上一次模仿的對象，是空龍？控龍？恐龍？」

「為什麼要進行這種模仿？」

「為了迂測？與測？預測？可能性與未來。為了將未來擴大再生產，加快時間的流速。理由是，如果，如果如果，如果喔，該物種對地球來說不理想，就讓它加速滅絕。相反地，如果，如果如果，如果喔，物種對地球來說很理想，就讓它繁榮。」

「你沒有爸爸媽媽，怎麼會知道這些？」美智子問。

「Me出生以前，被稱為『Terra』。Me的記憶刻畫在地層裡。」

雖然有時候發音會跑掉，但他的遣詞用句越來越流暢了。但內容格局實在過於壯闊，我完全跟不上，不，再怎麼優秀的學者都沒辦法理解吧。

啊，可是如果是《厲害達爾文》的節目組人員，或許有辦法理解。

佐佐木學長懶散地說：「聽這小子說話，會覺得這世上的事都沒什麼重要的了。而且說的內容這麼大格局，他的好奇心卻很旺盛，看到我要蹺課，就跑去替我上課，搞到聽說現在我已經成了校內第一人氣王了。」

「我們也聽田口教授這麼說，有個優秀的替身機器人，很棒啊！」我說。

佐佐木學長笑了一下站起來：「總覺得我從過去的恩怨情仇中被解放出來了。」

一直以來，我對外面的世界一竅不通，一方面也是有照顧涼子小姐的義務，但多虧了這小子，感覺我也可以從這個束縛中解放了。」

「對啊，敦，我希望你可以過自己的人生。」

「生命」的聲音突然切換成女性清澈的嗓音。

「就叫你不要用那種聲音說話了。」佐佐木學長慌張地說。

接著他看向我們說：「我完全不明白涼子小姐的用心，也不明白她凍眠的意義，只知道照顧她。得知一切的時候，我的心中只剩下罪惡感。但這小子把涼子小姐真正的心意告訴了我，當然，那有可能是他編造出來的妄想。但現在的我，能夠相信他的話就是涼子小姐的話，不，我想要這麼相信。」

佐佐木學長的眼睛看起來有些溼了。

「之前，我和翔姊、小夜小姐還有瑞人哥一起去那家叫『深淵』的酒吧，大喝了一場。和他們三個在一起，讓我覺得好像變回了幼稚園小朋友那時候。當時他們三個狠狠地說了我一頓，叫我不要再猶豫不決下去了。所以我決定了，我要出去旅行，看遍全世界，然後總有一天再回來這裡。」

「敦，不用擔心涼子，出發旅行吧！」

這次又變回了「羽化生命」的聲音，搞得我們混亂極了。

佐佐木學長苦笑說：「剛才薰說他是我的替身機器人，比喻得很妙。只要跟他保持連繫，不管我身在世界的任何地方，都能知道這裡的狀況，感覺也可以從醫學院畢業。」

「我也這麼覺得。『母親』是個耐人尋味的春在？蠢在？存在？所以正在全世界旅行。而且我的母梯？木體？母體？也在這裡。」

我想起來，「母親」當中有涼子小姐的意識碎片。

若是「生命」在這個世界漫步，「溫蒂妮」或許也能復原得更完美，總覺得百利而無一害，然而瞬間卻有道陰影掠過我的心。

我還沒來得及想起那道陰影是什麼，它已沉入記憶深底了。

這時掠過我腦際的，是過冬的紋白蝶靜靜開合翅膀的身姿。

剛才那種感覺到底是怎麼回事？

佐佐木學長說他要出發去旅行，我也想順著話題說出我的想法，開口道：

「佐佐木學長，其實我想要退回醫學院的跳級資格。」

「怎麼突然說這種話？要是這麼做，你就得從現在開始努力念書考高中了。」

「嗚，不愧是佐佐木學長，精準地戳中我的痛處，不過我覺得總有辦法吧。這三個月，我從沒有人經歷過的驚濤駭浪死裡逃生，相較之下，高中入學考根本不算什麼吧。」

「唔，確實如此，但以後你想要讀什麼？」

「我想要以醫學院為目標。」

「什麼？你白痴嗎？既然如此，根本沒必要特地退回跳級資格啊。」

我瞄了旁邊的三田村一眼說：

「或許是吧，但我覺得會引發這麼多風波，追根究柢，都是因為我取巧跳級進入東城大學醫學院的緣故。雖然稱不上走後門，但確實不夠正大光明。所以如果能夠，我希望是堂堂正正從大門走進去的。」

那樣一來，看到的景色或許也會不同。我這麼想，但覺得說出來似乎過度耍帥，所以藏在心裡。

佐佐木學長想了一會兒，點了點頭：

「唔，這麼做或許也不錯。如果你真的進了東城大學醫學院，我會為你盛大慶祝一番，大家一起好好歡鬧一場吧！」

「我最喜歡熱鬧了。」旁邊的美青年立刻點點頭。

佐佐木學長肘擊了一下旁邊的分身，要他閉嘴，對我伸出右手。

我驚訝地看著那隻手，仔細想想，這是我第一次跟佐佐木學長握手。

我用力抹了抹手，堅定地握住那隻手。

離開未來醫學探索中心時，夕陽正要沉入山稜邊緣。

「我都不知道薰在想那種事。」美智子感慨地說。

「所以囉，三田村，往後也請你繼續支援我！」

三田村聞言，用食指推起黑框眼鏡看我說：

「別開玩笑了，如果曾根崎同學要考醫學院，從今天開始，你就是我的對手了。從今以後，請不要再這樣隨便跟我說話。」

「咦？怎麼這樣？你可是曾根崎團隊的智囊啊！」

「曾根崎團隊是因為你勉強跳級進入東城大學，跟不上課程內容，為了幫你而組成的。那樣的話，在你歸還跳級資格的時候，就應該宣布解散了。進藤同學、平沼同學，你們覺得呢？」

「唔……我都隨便啦，不過如果小薰薰不是醫學生了，還幫忙他，感覺滿蠢的。進藤，妳呢？」

「不管有沒有曾根崎團隊，薰的爸爸都拜託我照顧他，所以我都可以。」

「既然如此，當事人隊長以外的成員進行投票後，結果是三比零，多數贊成，因此曾根崎團隊就地解散。」

不知不覺間，變成三田村在主持大局。我做夢都沒想到會有這樣的一天，總覺得有一點點寂寞，但更感到肩頭輕盈。

「好吧，這才是我永遠的敵手三田村博士，我不會輸給你的！」

我伸出右手，和三田村握手，平沼和美智子的手重疊上來。

「曾根崎團隊，fight！」

美智子清脆地吆喝一聲，四人重疊的手朝著藍天綻放開來。

∵

五天後，驚心動魄的七月接近尾聲。

這天我特地穿戴整齊，來到機場大廳。

旁邊是我神氣兮兮的妹妹忍、她的繼兄青井拓（他和我是兄弟關係，但到底誰才是哥哥，誰才是弟弟，到現在還沒有做出結論），還有理惠醫生、理惠醫生的母親山咲阿姨，還有不知道為什麼，連清川醫生都來了。

這六個人來到這裡，是為了迎接回國的隱形機伸一郎——曾根崎伸一郎，也就是我的爸爸。清川醫生嘀咕說「我又不是親戚，來這裡當電燈泡」，但理惠醫生滿不在乎地說「這在很多人離婚、重視家庭的拉丁美洲是常有的事」，硬是把他拖來了。

這段期間，我把來自佐佐木學長的正式道歉轉達給拓。

拓的「木馬」透過新生「生命」，已經傳播到全世界了，當時「生命」任意修改了部分程式，讓「木馬」雖然可以輕易侵入公家領域，卻無法侵入私人領域。

然後，現在「木馬」正在雲端恣意翺翔。

其實，這似乎就是「木馬」變態成小獨角獸「嘟角獸」的理由。

聽到這話，拓不僅沒有生氣，反而歡天喜地：

「這就是我想做的更新啊！最終目的是讓任何人都能偷出國家隱瞞的事實，國家是為了人民而存在的。一部分的人，像是嘴皮子首相，他的首相案件就是對人民信任的重大背叛。希望『木馬』進化成『獨角獸』，能夠讓這個世界混濁腐敗的祕密減少一些。」

接著他眨起一邊眼睛說：「在社群媒體散布『生命』蛻下來的殼的照片，效果十足對吧？」

「果然是你幹的，那真的讚透了，後來那些大人物都慌得手足無措。」我笑道。

在一旁聽我和拓對話的清川醫生插嘴：

「有個研究尖端醫學的知名科學家說——『最好的防衛之道不是限制，而是制定出制度，公開一切的科學研究內容。如此一來，人們就能看到整個研究，掌握發生了什麼事，在科學家要做出危險行為時提出警告。因為如果不知道科學家在做什麼，也無從提出要求』。拓，你的『獨角獸』一定能協助開創出這樣的時代。在這個時間點，自由的標誌人物曾根崎回國，真是象徵性十足。」

清川醫生說的沒錯，沒有人認為爸爸回國就只是為了與家人團聚。

他會不會是從東堂教授和白鳥先生那裡聽到狀況，認為沒辦法再假他人之手，所以回國加入戰局？清川醫生的解釋，證明了爸爸這趟回國帶有許多目的。

但我還是覺得爸爸是回國來見我的。我這三個月來的奮鬥，與這段期間爸爸都沒有來信，一定有某些關聯。我有許多事想要跟爸爸說，爸爸應該也有許多話想跟我說吧？

我正想著這些，忽然想到這是我這輩子第一次見到爸爸，頓時緊張起來。真是，想太多不會有好事，得先做個深呼吸，放鬆下來。人生就是見招拆招，臨機應變。走一步算一步才是正確答案。因為這也是爸爸的方針。

這麼說來，今天離開家門時，山咲阿姨給了我一張明信片，說是我出生的時候，爸爸寄給我的。明信片上這麼寫著：

「Dear KAORU. Welcome to Our Earth.（親愛的薰，歡迎來到我們的地球。）」

就好像在預言我會在未來和「生命」進行一場大冒險一樣。

看到爸爸，就告訴他那件事，還有那件事——明明這麼盤算，不知不覺間，卻全都拋到腦後了。看到這樣的我，旁邊的忍小聲說：「哥，你緊張過頭了啦。」

「才沒有。」我回嘴說，這時機場內響起廣播：

「來自波士頓的九四七班次已經降落機場。」

我注視著抵達出口。一會兒後，灰色的門打開來，乘客們魚貫現身。

領頭的那個人展開雙臂，目不斜視地朝我走來，聲音和風景從周圍消失了。

逆光之中，即使凝目細看，也看不清楚那張臉。

發呆的我，一瞬間看丟了那個人的身影。

下一秒，我被緊緊地擁入懷裡。

呼吸停住了。

我做了個深呼吸，抬起頭來，寒暄說：

「幸會，爸爸。」

參考文獻

《合成生物學的衝擊》（合成生物学の衝撃）
須田桃子，二〇一八年，文藝春秋

故事館 047

醫學推理系列3：醫學之翼
對抗邪惡的神祕組織
醫学のつばさ

作者	海堂尊
繪者	吉竹伸介
譯者	王華懋
封面設計	張天薪
內頁設計	連紫吟・曹任華
主編	陳如翎
行銷企劃	林思廷
出版二部總編輯	林俊安

出版者	采實文化事業股份有限公司
業務發行	張世明・林踏欣・林坤蓉・王貞玉
國際版權	劉靜茹
印務採購	曾玉霞・莊玉鳳
會計行政	許俽瑀・李韶婉・張婕莛
法律顧問	第一國際法律事務所　余淑杏律師
電子信箱	acme@acmebook.com.tw
采實官網	www.acmebook.com.tw
采實臉書	www.facebook.com/acmebook01

ISBN	978-626-349-716-0
定價	380元
初版一刷	2024年7月
劃撥帳號	50148859
劃撥戶名	采實文化事業股份有限公司

104台北市中山區南京東路二段95號9樓
電話：(02)2511-9798　傳真：(02)2571-3298

國家圖書館出版品預行編目資料

醫學之翼：對抗邪惡的神祕組織 / 海堂尊著；王華懋譯. --
初版. -- 台北市：采實文化事業股份有限公司, 2024.07
360面；14.8×21公分. -- (醫學推理系列；3) (故事館；47)
譯自：医学のつばさ
ISBN 978-626-349-716-0 (平裝)

861.59　　113008108

IGAKU NO TSUBASA